# 變異的維納斯

顧日凡——著

# 楔子

人間寄塵，多少愛，多少淚，種不出情花，
半點恨，呵氣成冰，鑿出變異的維納斯。

變異的維納斯

CONTENTS

# 《狼噬》

1.

午夜，老爺子睡意朦朧扶著床邊的小桌子下床，也不著燈，黑靜裡蹣跚摸索走到廁所去。哎呀，老太婆又沒有首尾啦，廁所瀰漫著尿腥臊味，他小解沖廁後，發覺那一股臊臭味仍然揮之不去，聞真點，原來是臭雞蛋味，頓時睡意全消，倒抽了一口涼氣，立刻跑回睡房用力推醒老伴，拔高嗓門在她耳邊叫嚷：

「老太婆，快點起床逃命，洩漏煤氣啊。」

老太婆從夢中驚醒，慌張起來，卻顧不得蓬頭垢面，衣衫不整，跳下床直跑到廚房，邊跑邊說：

「煤氣費好貴啊，逃命也不急在一時，先關上煤氣閥門才走也不遲。」老爺子攔她不住，讓她折騰了半天，忽然她大喝一聲怒道：

「死老嘢，你撞鬼呀，煤氣按扭全都拴上了，我們沒有洩漏煤氣，那些臭雞蛋味是從隔壁飄揚過來。」

語音剛落，二老面面相覷，急忙打開門跑到外面，刺鼻的二氧化硫氣味撲面而來，充斥了整個樓層，臭味從隔壁的門縫隙滲漏出來，老太婆正想上前按門鈴，輪到老爺子怒聲大吼：

「蠢材，按門鈴或打電話會產生電弧火花引爆煤氣，炸死我們，搭升降機也有危險，你快點跑下樓打電話報警，我到各樓層叫醒其他人逃生。」

老太婆乖乖聽命跑下樓，片刻，大廈的住客慌亂逃生，紛紛走到街上躲避，過了好一會，煤氣公司人員到來關掉煤氣總機，消防車也鳴笛到來，幾名消防員迅速戴上防毒面具，扛著滅火工具跑到發生意外的公寓，他們發覺大門在裡面牢牢鎖緊，便用斧頭破門而入，衝進災場救人。

街上一名陌生苗條女子到處搜索，在看熱鬧的人群裡找到二老，上前客氣地寒暄：

「早安，我是警員步如嫣，負責調查這一單事件。」

「怎麼我們這個小地方竟然能招攬到如此漂亮的女警。」老太婆不停地上下打量她。

「我移民到U市已經半年多了，三個月前才加入本地警隊，請多多指教。」步如嫣連忙遞上名片，微微頷首。

「為什麼要調查啊？你們懷疑是謀殺案？」老太婆一臉不解。

「不是啦，發生了意外，調查事發原因是警方的職責，這是例行公事，請你們幫忙，二位如何稱呼？」步莞爾一笑問。

「我先生姓馬。」

「馬先生馬太太，您們好。隔壁的住客是什麼人？」

「隔壁住了一名獨居的年輕女子，長得很標緻。」老爺子搶著回答。

「她的人怎樣？」

「她早出晚歸，跟我們的作息時間很不一樣，偶然碰見面大家也只會客套禮貌地打招呼，我只知道她姓黃，也沒有什麼交淺言深呢，是隔了幾代的代溝嘛。」輪到老太婆滔滔不絕。

「她有沒有朋友訪客呢？」

「晚上有時看到一名打扮得體的中年男子送她回家。」

「他的長相怎樣？」

「長得不怎麼樣，有點帥又不太帥，但是風度翩翩，很有魅力呢。」老太婆想了一下，側著頭仰視如嫣。

「還有二名年輕女子也經常到訪，一個胖一個瘦，胖的那個愛穿花裙子，瘦的那個愛穿褲子。」老爺子跟著插話。

「什麼模樣？」

「十八少年無醜婦囉。」老太婆酸溜溜搶白，老爺子白了她一眼，沒有作聲。

「謝謝您們啊，以後再聯絡，再見。」如嫣看了二人一眼笑說。

步如嫣旋即走到樓上，來到災場，這是一房一廳的格局，小巧精緻，淺粉紅色的牆壁，可愛少女風的裝潢，她檢視砍爛的大門，門鎖是穩妥鎖好，還扣上了防盜鍊，她走進睡房，死者是一名妙齡女子，穿著整齊素白長裙，露出小巧白皙的雙腳，懷裡蓬鬆白毛松鼠狗戴上時尚的頸飾一起躺臥在床上，她闔上眼睛，面容安詳，臉蛋呈現櫻桃顏色，美艷如睡公主，是中了嚴重煤氣一氧化碳的徵兆，床頭几桌上用手機壓著紙條，步如嫣拿起來看，上面娟秀的字跡寫著：

『愛情最可怕之處是它從來並不神聖，所有甜蜜都是膺品。三哥，對不起，你說女人不但要愛，還要寵，你太縱容我了，我沒有聽進你的忠告，我背叛了你，辜負了你的深情，對不起，永別了。』

二個星期後步如嫣呈交死者的死亡調查報告。

『死者黃晞雯，女性，二十六歲，單身，理工大學商科畢業，在一間出入口商行任職秘書三年，她在自家公寓吸入過量的一氧化碳致死，死前曾與一名叫『三哥』的男子講了很久電話，但不是簡訊，不知內容，也未能尋獲此人。

結論是現場大門謹慎上鎖，沒有發現強行入侵的跡象，死者身上也沒有傷痕，鑑定了遺書的筆跡後，確定遺書是死者所書寫，斷定黃晞雯為情自殺而死。』

## 2.

林國明對著全身穿衣鏡子顧盼，從容不迫的神態流露中年人的穩重，他不停用梳子梳貼油亮的頭髮，淺藍色襯衫配上醒目的黃色領帶和袖扣，他花了十多分鐘反覆整理，才滿意地穿上名貴深藍色白細條的西裝外套，臨走前灑上香水才輕鬆下樓，樓下飯桌坐著一名中年女子，頭髮蓬鬆，衣著隨便，大剌剌劈開雙腿而坐，她拿著一只酥炸乳鴿，據案大嚼，倏地伸頭向前咬了一口，扯下一片鴿腿肉捲進口裡，咬得嗤嗤作響，嘴巴沾滿了油脂，她喝過一口紅酒，輕搖著閃爍的水晶酒杯斜眼看他說：

「老公，要不要吃點東西才出門？」

「不，我約了美女在高檔餐廳享受燭光晚餐。我交給你的任務結果怎樣？」

「你總是叫我做dirty job，人家討厭嘛。」女子皺著鼻子，裝出很委曲的樣子。

林國明抿緊了嘴唇，厲眼瞪著她，平和的臉孔瞬間變得扭曲猙獰。

「那個臭婊子冥頑不靈，儘管怎樣對她嘲弄奚落，如何打擊威嚇也說不動她，她還發狠說你強姦她，要告到你坐牢，叫你在監獄過完下半世，看情形要你自己出手擺平才行了。」女人慌忙別過臉不去看他，裝作若無其事悠閒地說。

「膿包，叫你辦點小事打發那隻討厭的蟑螂也辦砸。」

「人家已經盡力幫你擦屁股啦，可是這次碰到是一隻鐵了心的瘋母狗，人家也踢到鐵板沒辦法呢，唉喲，怎麼算？」女子眼汪汪對著他，嘟著嘴說。

「不要對我發情，你這隻老母狗，見到你肥腫難分的母豬身形已經令我作嘔。」林國明對她狠狠地嘲諷。

女人的臉色立時變得蒼白，眼眶微紅，嘴唇微微抖顫，臉上忽明忽暗的憤怒表情，林國明毫不理會她，繼續發飆說：

「要不是我娶了你，你還不是仍然在寒酸的服裝小店做一個卑躬屈膝的售貨員，看人家臉色做人，賺取微薄的薪金，還不夠養活你自己，只要有男人跟你搭訕，不管是生張熟李，你就會發騷勾引他，有男人約你上街，心裡就想著要跟他結婚。沒有我，你沒有大屋住，沒有傭人使喚，沒有錦衣美食，沒有富貴林太太的地位，你的人生應該很滿足吧，要什麼有什麼，叫你辦點小事情也辦不好，還抱怨什麼？臭婆娘！」

「這些年來我沒有功勞，也有苦勞，我替你打發了不少蟑螂、蒼蠅、蚊子，你也沒有給我多少家用呢。」林太低聲下氣地吐苦水。

「你已經有樓有車，不愁衣食，還要錢來做什麼？」林國明哼著鼻孔打斷她。

「你整天不在家，我在家裡閒著沒事幹，悶得發慌，我想養隻狗狗解悶。」林太太結結巴巴地囁嚅。

林國明怒目相向，舉手想要打人的樣子，接著又放下來，粗聲粗氣說道：

「你要買就買吧，將信用卡賬單交到我公司的會計部，再轉錢到你的信用卡戶口。還有，你要放在後花園飼養，任何時候，也不准牠走進屋子裡，我不要聞到狗臭，看見狗毛，知道沒有？我過二天才回來。」

他說完後邁開腳步離去，還用力關門。

「賤人，要不是你耽溺尋花問柳？我怎麼會變成這個樣子，看你幾時死。」

林太太不停咒罵，亂砸軟墊，發洩一輪脾氣後，坐在沙發低聲哭泣，不知哭了多久，忽然聽到外面電子門指紋鎖發出「叮咚，歡迎回家」的聲音，她急忙跑回樓上睡房，剛好躲開幫傭阿碧進屋。

林太太打開電腦，進入一個叫做「認識狗狗」的網址，博客叫自己做伯卿，他解釋伯是伯爵，卿是古代高級官員的稱謂，皇帝也稱呼官員做卿家，暱親愛卿，借此表示狗狗是愛卿，他說自己是了解狗狗的權威伯爵。這個網址是最近自動閃進林太太的電腦，林太太看過他不斷更新的文章及圖片，覺得很棒，內容見解也像模像樣，便加入成為他的會員，可是伯卿的追隨者只有幾十人。林太太鍵入要求狗狗的條件，追隨者七嘴八舌地發表意見：

「我想買一隻外型可愛，又能保護家居的狗狗，有什麼好介紹？」

「聖班納狗吧。」
「不，牠的體型太大，不過個性很溫純。」
「我建議德國狼狗。」
「牠的模樣太嚴肅啦，一點也不討喜。」
「貴婦狗呢，小巧活潑，超可愛啊。」
「牠很膩人耶，而且太小了，不能守門口。」
「那麼秋田犬呢？」
「太昂貴啦，又不夠勇猛。」
「鬆獅犬呢，牠全身毛髮蓬鬆柔軟，頸項毛量特別多，抱著有非常溫暖的感覺，臉孔圓圓，眼睛很小像埋藏在毛髮裡，配備了一個寬大的黑色鼻子，樣子超萌，神情天真逗趣，中等身型，動作靈活，是很好的玩伴，也能守門口。」一名追隨者建議。
「在那裡買得到呢？」
「不要到大公司，他們的服務不太貼心，去一些信譽小店吧。」
「到『芊峰寵物店』呢，網上有很多人都給讚，店東自己開店，他獲得國際認可B+C級基礎證書，據說他曾經在動物醫院做過獸醫護士。」另一名追隨者加入。
「謝謝各位，掰掰。」

## 3.

這天下午步如嫣和薇薇安來到社區運動場參觀「寵物狗美容大賽」，薇薇安是如嫣來到U市新認識的網友，她是一名教師，二人參加了一個讀書會的群組，群組會定時舉行聚會，活動包括分組討論讀書心得，二人剛好都愛好閱讀推理小說，順理成章歸類一組，大家聊得投契，熟絡後便成了朋友。

她倆來到會場，老少咸集，各人三五成群聊天，點評欣賞形形色色的寵物狗狗，小孩子無拘無束地蹦跳追逐，享受快樂的童年，參賽者則忙著準備事前工作，一名身材輕盈，樣貌嬌美、穿著藍色襯衣和貼身牛仔褲的女子走到觀眾席跟她們寒暄。

「這是步如嫣，她是芊柔，我的老朋友，今天比賽的大熱門。」薇薇安誇張的說。

「不要這樣說啦，今天高手如雲，我祇是一顆花生小米，到來比賽為了偷師討教，不作非份之想。」芊柔愉快地回應。

「她心靈手巧，除了是狗狗美容師，其他手作也很出色，我們一起參加烘焙工作坊，她一學就會，做出的餅乾包點也很美味，她年紀最小，但最能出主意，執行力又強，人又標緻，總是吸引眾人的眼球，男人心目中的女神。」薇薇安親熱地摟著芊柔的肩膀，推心置腹，芊柔輕巧避過，薇薇安神色泰然自若問：

「今晚要不要吃晚飯慶祝？」

「又不是一定會獲獎，況且我早已約了朋友呢。」

「那麼下次再約吧。」薇薇安勉強裝笑。

「步小姐，你做什麼工作？」芊柔好奇地看著如嫣問。

「我是警察。」

「你可以當上警花，何時教我一些防狼自衛術？我的身型適合學那一門功夫呢？」芊柔走近跟如嫣熟稔地比身高。

「我也不是懂得太多，不過我們可以互相切磋。」如嫣挪移身體與她並肩而立。

「好啦，好啦，台上司儀宣佈比賽即將開始，你快點過去準備吧，我們在這裡看你比賽。」薇薇安有點粗魯地催促芊柔離去。

芊柔轉過身離去，不到幾步，一名中年女子走近跟她搭訕，只聽到芊柔婉轉其辭說：

「林太太，上個月你指定要買的鬆獅犬合意嗎？我有點擔心，這類品種性格比較暴躁，不太聽話。」

「很好啊，我很喜歡牠的主動能力，你們何時到我家訓練牠？」

「我會叫店員打電話跟你聯絡，介紹訓練課程及導師給你選擇。」

「你記得才好，那是很重要啊。」中年女子仍然纏住芊柔不放。

「明白，一定會，難道有生意送上門會推掉嗎？比賽大會已經最後召集了，欠陪啦，我要過去啊。」她欠身說著，擺脫中年女子跑向會場草地中心。

「芊柔年紀輕輕，很有本領啊。」

「她從小就喜歡各種動物雀鳥，還取得訓練員資格。」

「你也喜歡狗狗嗎？」

「不，我喜歡貓咪，狗狗太熱情，太纏人了。」

「喜歡狗狗跟喜貓咪的人是二種不同類型的人呢。」

「是嘛，我沒有研究，但是我跟芊柔相處得很好。」薇薇安正色地說。

此時大會司儀宣佈比賽開始，暫停了二人的談話，如嫣瞥見那名中年女子匆匆離開會場。參賽者將各式各樣的寵物狗狗牽到觀眾席前，開始努力為牠們清潔，剪毛，漂色，裝扮造型，過了二個多小時，比賽結束，評判退席評分，參賽者放鬆心情跟親友聊天打哈。

「小如，你移民到U市很倉促啊，為什麼？」

「避秦永遠是每一代華人的選項。那裡變得不一樣，公民組織如『教協』、『職工盟』、『支聯會』等被恐嚇，暴力取締，公民社會被侵蝕瓦解，政府以國安法強行關閉上市傳媒公司『蘋果日報』，人們說話也沒有自由，隨便會被扣上干犯國安法的罪名。」

「那麼其他人怎樣想？」

「那個諂媚神棍管 x 鳴將公民比作做貓咪，他說只要貓咪乖巧聽話，就多給牠們半點自由，要不，就把牠們關進在鐵籠裡；那個貌似謙謙君子、溫情脈脈的醫生高 x 文也是個卑鄙小人，他說不要追究國產催淚彈的成份怎樣對人體傷害，示威者投擲的汽油彈傷害更大，還說犯事的人憑什麼要公安保護？」

「他是法盲？法治精神不只守法，犯罪者也不能受到非法侵害。」薇薇安立刻還嘴。

「那個眼科聖手林 x 潮告誡公民要有『遠見』，否則性命不保，他說了一個鸚鵡故事，一隻鸚鵡不停罵主人，被放入冰箱十秒，見到裡面的火雞屍體，立刻收聲，他還說『這隻鸚鵡就很有insight，見勢色不對就立刻改變位置自救。』還有陳 x 波痛罵爭取公民權利和自由的人們說：『你們這些後生不要破壞我的收成期。』」如嫣失落地望向遠方的天空說。

「這些識時務的物體已經位於社會金字塔的頂端，豐衣足食，卻不知榮辱、禮義廉恥，是一班見錢開眼、唯利是圖的小丑，不，是寄生在權力的腐蛆。但是，你們H市總有一些出類拔萃的人物吧？」

「文人有高焜，武者有李小龍。」

「那麼號稱獅子山精神的黃某呢？」

「那個人？」如嫣嗤之以鼻。

「怎麼說？」

「有一名作家在文章批評他追求林姑娘時，弄大了妻子的肚皮，與林姑娘同居時，又搭上女秘書；政治上，英國治港時，他戟指痛斥中共，英國將去港，他拜舞歌頌中共，竟然有人說『黃某精神是香港寶貴遺產。』作家說不必下一字評論。之後林姑娘瑤緘作者說：『閣下寫盡人的偽善，好不痛快！誠然，女人事小，風骨事大，對中共前則戟指痛斥，後則拜舞歌頌，是至為令我心死之事。』

薇薇安嘆氣說：

「圖窮匕現，日久見人心，只有自家人才會出賣自家人，怪不得你說得不像移民，像走難，無論怎樣，被迫遠離家鄉總是淒涼無奈。」

「他們對公民反對或不滿政府的想法也要禁制，動輒指責公民將事情政治化。更甚者，在茉莉花運動時，那裡的人們走上街示威，事後當局拉了許多人坐牢，當時外交部發言人姜瑜說：『你們不要利用法律做擋箭牌，只要你們有那個意圖，什麼法律也保護不了你們。』這就是他們的核心思維，是奴隸主人的心態。」

「他們提倡的完善選舉制度是什麼一回事？」

「立法會議員共有九十個議席，七十個議席變相由政府委任，其餘二十議席是一人一票由市民直選，所有議席參選人首先要通過愛國委員會審核其愛國資格，才能報名，但是還要拿到五個功能界別委員會的二個委員提名，一千五百個委員每人祇能提名一人，要取得共十個提名非常珍貴，之後才獲准參選，當中合資格的參選人，包括謝偉銓等六人擁有英國藉，媚共大律師湯渣哀求讓他參選，不得要領，這是重重關卡篩選參選人，他們硬生生剝奪了我們的公民提名權及被選舉的權利，只賸下選舉權，選舉當日還用了一萬個公安佈防，這絕對是一個專權政府控制的選舉，還厚顏無恥地說是完善選舉制度，逼迫公民接受一個專制的政府。」

「這算得上什麼選舉嗎？」

「打一個比喻，在美國實行黑奴制度時期，當白人女主人洗澡時，也有男性黑奴在場侍候，女主人就在他們跟前寬衣解帶，赤身露體潔淨身體。」

「她們不怕被看到醜態嗎？」

「白人女主人祇會當那些男性黑奴是一群牛羊牲畜，被牲畜看見赤身露體根本不是什麼一回事，況且，黑奴無權無勢，冒犯或反抗主人就是死路一條，情況就有如那個完善選舉制度，他們不在乎，也毫不理會，任由人們觀看他們赤裸裸、假惺惺的醜態，人們又能奈他們什麼何？」

驀地裡，二人沉默起來，如嫣打破僵局問：

「嗯，芊柔是你的好朋友？」

「芊柔是低我一年級的學妹，我和另一個女生在整個中學時期都是同班同學，三個人參加了課餘活動的音樂合奏組，經常膩在一起，同學都叫我們做三劍客，芊柔最小，那個女生排中間，我很喜歡她，可惜她也移民到遙遠的地方。」

「現今有互聯網，要聯繫也很方便啊，你們鬧翻了？」

「世事無常，我們之間隔了一道不能僭越的鴻溝。」

輪到薇薇安露出失落的表情，如嫣撇開話題說：

「剛才你很色很饞相，令芊柔尷尬。」

「很少人像你明白事理又能接受我們。」薇薇安回過神說。

「祇要是發自內心的真情就會令人欣賞，但是二個人交往是私人問題，結婚是二個家庭的問題，結婚要大眾接受是社會的問題，同志仍須努力爭取。」

「多謝鼓勵。芊柔很有原則，對不喜歡的人絕不假以辭色。咦，那一個中年男人對她挨近竊竊私語，還不停用手來回掃她的背脊，她仍然笑得多麼開懷啊，他一定是跟她約會晚餐的朋友。」

步如嫣跟隨著薇薇安的手指看過去，看到那一名中年男子的側面，他有點帥又不太帥，貼服的油亮西裝頭，衣著得體，風度翩翩，態度親切自然，容易令人心動。

薇薇安拿起手機拍下照片，滿臉不服氣說：

「真可恨，什麼臭男人膽敢搶走芊柔？」

步如嫣無言，薇薇安鼓著腮幫子不說話直至宣佈比賽結果，賽果出人意表，芊柔得到季軍，薇薇安立即飛跑過去，寬闊的花裙子裙裾飄飄，似一只特大號的飛蛾，步如嫣也慢步上前道賀，芊柔笑得十分燦爛，薇薇安左右張望挑剔地問：

「咦，為什麼不見了你那個男性朋友？」

「他先走了，他不太喜歡狗狗。」

「幾時介紹給我們認識？」

「找一天吧，總有機會呢。」

「這是一個值得慶賀的時刻，我們合照一張吧。」如嫣拿起手機拍照。

## 4.

女人癱軟在沙發上，面無表情，了無生氣，像一條死魚，忽地女人轉過身趴在沙發上，慢慢爬向旁邊狼藉的桌子，伸手抓住第二瓶紅酒，她七手八腳打開酒瓶，塞入口裡喝了一大口，但喝得太急嗆了鼻，噴灑了一身紅酒，渲染了白裙子像吐血的杜鵑花，她醉眼看著殷紅色的液體在酒瓶裡搖晃，大聲嚎哭，不忿氣地喃喃自語：

「這紅酒就像我心裡流淌的血，你們的感情破裂，同床異夢，貌合神離，為什麼她仍然要糾纏著你不肯放手？而你又不乾脆地跟她離婚跟我共效于飛，你們一起欺負我，我恨你們，天不報仇我要報仇。」

這時傳來鑰匙轉動的開門聲，女子扭頭去看，一名男人跑上前緊緊摟著她說：

「綺玲，我最愛的情人啊，是她欺負你侮辱你，是她像毒蛇纏繞著我不肯放手，是她拆散我們。讓我抱抱你，下次不知是什麼時候？」

「我的愛人，你來了，我很高興見到你，但是你使壞，總是令我想著你，我到底為什麼要忍受你？還打算忍受一輩子。」

「因為你需要我呢。」

「誰才需要你？」

「你不需要我？哪我走好了。」

「你走呀，走呀你走呀，我不稀罕。」

男子突然狠狠地用嘴巴封著她的櫻唇。

「不要走，求你不要走。」綺玲軟弱地咕噥，男子乘勢擁抱她。

「她是我們的障礙，阻撓我們結合。」

「是可忍，孰不可忍。」

接著女人摟緊男人低聲說：

「是的，是時候我們生一個孩子好了。」

## 5.

早上九時多一名女子從外面回來，她住在這個小區裡的村落，村裡建築了不少三層高的洋房，很多用來出租，此時十分寧靜冷清，大人小孩都上班上學去，她神色焦急從公路轉到田埂小路，沿著石屎小路急步前行，右邊是一個樹林密布的小山丘，左邊是一畦畦亂草叢生的荒廢農地，快要到家門時，正在做體操的鄰居老婦跟她揮手打招呼，她只看了一眼，視若無睹，沒有回應繼續走，突然山上跑來一隻狼狗攔阻她的去路，牠雙眼瞪著她，睜大，越大越圓，背部和肩上的短毛豎起，整個背、尾巴也直翹翹，腿部僵直，抬頭挺胸低吼，緩步踏前，女子嚇得站著不敢動彈，雙腳發抖，狼狗突然向前跳躍，女子喊叫一聲，轉身就走，狼狗瞬間將她撲倒，瘋狂地噬咬她的腹部，女子不停慘叫，老婦走到隔壁，頻頻呼救，狼狗繼續廝殺，血肉橫飛，女子奄奄一息癱軟在地，倏忽狼狗跑回山上，老婦驚魂未定，顫抖抖打電話報警，過了好一會，警笛聲由遠而近，救護車和警車抵達，醫護人員熟練地將女子抬上救護車離去，步如嫣和同事白揚到來查案。

如嫣找來報案人老婦問話：

「婆婆，你叫什麼名字？做什麼工作？」

「我姓麥，已退休，以前在一間大公司做會計。剛才真的給嚇壞了，我從未見過如此恐怖的場面，那隻狼狗異常兇悍，一看見她就撲倒她，牠不咬她的手腳，直接襲擊她的肚皮。」

「明白。麥婆婆，你認識傷者嗎？」

「認識，她住在我隔籬，叫李綺玲。」

「她是獨居嗎？」

「是的，不過時常有一個男人到來過夜。」

「今天有沒有見到那個男人？」

「沒有，前天早上還看見他的車子停放在那裡。我秀給你看他的模樣。」

老婦滑了她的手機，秀了幾張男人全身及側面的照片。

「請將照片傳給我。那個男人叫什麼名字？」

「不知道。」

「麻煩你告訴我事情的經過。」

麥婆婆有條不紊地複述目睹一切。

「李綺玲是否每天都是早上才回家？」

「不，她是朝九晚五上班的，這幾天她放假在家沒有出門，好像是一個人喝酒，但是今天我看到她一大清早就出去。」

「除了看見狗狗咬人，有沒有看到其他人？」

麥婆婆低著頭思索了一會說：

「沒有，不過我聽到英文聲。」

「什麼英文？」

「好像是easy, calm down。」

「說了幾遍？」

「二三遍吧？最後那一遍十分大聲，而且語氣特別重。還有，那條狼狗是她家裡的狗狗，幾個星期前男人說丟失了牠，大家都說牠被偷走給人吃掉了，怎知道牠竟然逃過一劫。」

白揚飛快地鍵入電腦記錄。

「她養了那條狼狗有多久？」

「不是她養的，大約一個多月前是那個男人帶牠到來。」

「謝謝你。」

步如嫣和白揚來到李綺玲一樓家裡門前，旁邊一塊空地當作停車場，後面小花園有一間狗屋和雜物房，他們找到李綺玲的房東打開屋子，前面是客飯廳，中間是祇有二個爐頭的開放式廚房和小酒吧，後面是放了一張特大睡床的睡房，對面是廁所和浴室。因案發現場是在屋外的小路，還沒有鑑識科人員進屋取證，他倆到處檢查尋找一些可能有關連事件的證據，小酒吧掛著成雙成對、大小不一鬱金香型的玻璃杯，如嫣在垃圾桶找到精美水晶杯的碎片，上面粘著一些黑色的粉末，白揚到處拍照存檔，掀翻掛在牆上的月曆問：

「要不要把這本月曆也帶回去研究，屋主在上面寫滿了每日要辦的事情。」

「好的，還有這隻水晶杯碎片也要帶回去檢測。麥婆婆聽到了英文，證明了當時還有第三者在場。」

「講英文的人當然是外國人啦。而且easy, calm down含有安撫、勸阻的意思，十分正能量呢。」白揚彎著腰撿走水晶杯碎片答話。

「外國人大多數都是見義勇為，看到一名女子被惡狗攻擊會毫不猶豫出手相助，而且附近是樹林，隨手也可以找到枯木樹枝做武器，打走惡犬，為什麼他沒有現身趕走狼狗呢？反而躲在在一旁講英文試圖制止牠？」如嫣用姆指支著下巴思考。

「可能那個是外國小孩，看見惡犬兇悍肆虐，害怕被牠咬傷，沒有膽量驅趕牠。」

「小孩都上學去啦，況且小孩子看見惡犬傷人，就算沒有出手，見到我們也會熱心地搶著報告。」

「你懷疑有人沒能約束狗狗，讓狗狗意外傷人？」

「我沒有下結論，是你已矣。況且狼狗丟失了幾個星期，可能已經變了流浪狗。」

「你說流浪狗肚子太餓，當綺玲是食物攻擊她？莫斯科一個社區有一名十二歲女童放學回家，被一群餓壞的流浪狗襲擊咬死，屍體被吃掉啊。」

「那是你的結論。」

「女人像狐狸般狡猾。」

「我當這是讚美。我們到後面小花園狗屋查看。」

他們在後面小花園雜物房祇找到一些飼養狗狗的物品、訓練狗狗的道具和花園用具。

「看來沒有什麼收獲。」白揚一邊翻弄雜物房的東西，一邊拍照。

「走吧，我們到村裡查看有沒有那個外國小孩的第三人吧。」

步如嫣和白揚花了整個上午詢問村民，結果是方圓幾公里也沒有外國人居住。

二人回到警署，收到消息受害人失血過多，傷重不治逝世，驗屍報告證實死者被犬隻襲擊腹部，咬穿肚皮，噬傷子宮、二邊卵巢和右邊腎臟而死。死者叫李綺玲，二十七歲，未婚，任職文員，物證報告檢測到那些粘貼在水晶杯碎片的黑免粉末是磨碎的鉛筆芯。

步如嫣看著報告沉思。

「外國推理小說也寫過兇手訓練惡犬殺人，其中一篇是將食物放在模擬受害者的喉嚨位置，那是人體最柔軟的地方，兇手訓練狗狗搶掠食物，只要不斷反覆訓練，狗狗就會產生條件反射，攻擊放在喉嚨位置的食物，結局是受害人被狗狗一咬即死，最後偵探識破玄機，將兇手繩之以法。不過，襲擊李綺玲那隻兇惡狼犬是流浪狗，牠隨機亂咬，剛好咬中她的肚皮吧，步警官。」

白揚咂嘴洋洋得意說。

「亂噏當秘笈，臭小子，你欠揍。」如嫣大聲反擊。
「那是你以前的口頭禪，你把它也帶到U市來。」
「你勾起我的鄉愁，想起那裡的種種。」
「不要學黛玉葬花，下一步怎樣做？」白揚酸她說。
「去找兇手。」如嫣重新精神抖數。
「明明是惡犬咬死她。」
「我們就是去找那條狼狗。」
「我先去拿取捕捉狗狗的工具。」
二人回到案發地點，根據麥婆婆的口供走上那個小山丘樹林尋找惡犬。
小山丘祇有一條十分明顯的山路，旁邊樹林茂密，走了好一會，二人上到山頂搜索，一無所獲，樹木參天，鳥唱蟲鳴，就是沒聽到犬吠狗叫，再到周圍查看，看見樹林深處隱藏了一些東西，二人上前探究，是一間鐵皮搭成的狗屋，蹲下來往內窺視，發現一條狼狗俯伏在地上，旁邊有些餅乾碎屑，摸其鼻息，已氣絕身亡，二人審視環境，這是樹林裡一塊小平地，十分隱蔽，狗屋很堅固，有棉被鋪地、自動飲水器連餐具碗，還有一個鉤環埋在地上，扣上鐵狗鍊，拴住狼狗的頸圈。
「這裡的狗狗設備很齊全，狗屋很結實和保暖，狗狗能夠舒服地過夜，密林環抱，小空地也適合用來訓練狗狗，證明有人特地花工夫裝設。」如嫣將那些餅乾碎屑收集，放進塑料證物袋，起身拍走褲子的灰塵。

「步警官，真兇已死。」

「牠只是殺人工具，幕後真兇仍逍遙法外。」

「那麼真兇會是誰？」

「李綺玲的同居男人十分可疑，我們回去查看李綺玲的手機，走吧，還有通知同事到來取走狗狗回去驗屍和狗屋的物品做證物。」

「知道，步警官。」

## 6.

第二天早上白揚走進辦公室，看見步如嫣不停來回掃瞄桌上的物證，水晶杯碎片、鉛筆芯粉末、月曆、手機、皮革狗圈。

「白揚，你有沒有頭緒想到這些證物有什麼關連？」如嫣看也不看他發問。

「李綺玲用鉛筆在月曆寫上日常的活動，提醒自己不要忘記重要的事情。」白揚忙著掛好外套，仍扭頭回答。

「是的，那些是日常約會或便條，但是她也在上頭某些日子畫上了紅色圈圈，我數過是每個月連續二日或三日，是很有規律的，不會隔開一個月才畫上去，是什麼活動呢？鉛筆用來寫月曆，可是鉛筆芯粉末又有什麼用？為什麼會粘貼在水晶杯碎片呢？」如嫣凝神思索。

「紅色圈圈表示十分重要事情，活動可能上瑜珈課、探訪，那麼昨天李綺玲被惡狼咬死有沒有打上圈圈？」白揚隨口回應。

「沒有。」

「那麼就表示紅色圈圈跟狼犬沒有關連啦。鉛筆芯粉末的問題呢，李綺玲用水晶杯碎片削尖鉛筆，又或者水晶杯先跌爛了，放進垃圾桶，之後削了鉛筆粉末粘貼在水晶杯碎片上面。」白揚振振有詞說。

「廢話，如此危險，會隨時割傷手指，有鉛筆刨嘛。」

「至於李綺玲被咬死當日沒有在月曆打圈圈，是她根本來不及畫上去。」

「那還是解釋不了打圈圈的動機？」如嫣不停地否定他。

「狗圈是控制狗狗必備的工具，會不會裡頭安裝了AI智能，用手機控制狗圈，遠距離隔空控制狗狗殺人呢？」白揚仍然不在乎如嫣的批評，大放嘛詞。

「你睡醒了沒有，那祇一條普通的皮革狗圈，附帶電子狗牌。李綺玲的手機沒有奇怪的應用程式，圖片庫也只有風景照片，真的奇怪，莫非二人鬧翻，幸好麥婆婆拍下綺玲同居男的模樣，其中一張側面照片很眼熟，嗯，不知在那裡看過？」

「一定仿似什麼明星啦，女生只愛看娛樂新聞。」

如嫣睥睨他，沒有反駁，一本正經問：

「你打了李綺玲手機紀錄的電話沒有？」

「已經全打過啦，就是沒找到那個同居男，除了一個電話號碼，是李綺玲昨天早上五時多和八時多接聽的，昨天那個電話號碼還是響著鈴聲，沒有人接聽，今天祇有語音留言說電話未能接通，不知同居男是否畏罪潛逃？」

「你不要靠斷估，無辛苦。」

「這是邏輯推理。」

「呸，什麼狗屁邏輯。」

一個胖女人扭著屁股走進來看他們拌嘴，對著如嫣篤定地說：

「你又在罵人呢，一定是罵白揚。」

「陳法醫，我真命苦，她常常拿我做出氣筒。」白揚如見幫閒的說。

「肯吃苦的男人才有女人愛。」法醫大模廝樣看著如嫣。

「有什麼好消息？法醫大人。」如嫣對法醫翻了一個大白眼，沒好氣地問。

「愛翻白眼的女生最趕客。還會有什麼好消息呢？經過我鮮血淋漓的雙手，一定非死即傷。

那條狼狗死於中毒。」

「是氰化物還是砒霜？」白揚搶著問。

「用一下腦袋吧，好像毒藥隨便在街上就拾得到的，是木糖醇。」

「什麼傢伙？」

「是代用糖，一些患了慢性疲倦綜合症的病人要減少糖份攝取，醫生建議以木糖醇代替，但是這種無糖甜味劑，對狗狗是劇毒，1/8茶匙的木糖醇，足以令狗狗的肝衰竭，3克可殺死30公斤重的狗狗，食用後，十五分鐘後令狗狗血糖急降，二十四小時肝臟嚴重損傷死亡，那條狼狗吃了超份量的木糖醇，能夠在一小時內殺死牠。」

「牠怎樣吃下木糖醇？」

「是餅乾，牠吃了自家製的餅乾。」如嫣胸有成竹回答。

「你怎麼會知道？步警官。」白抬眼狐疑地看著她。

「用一下腦袋啦，白揚。」法醫加把口嘲笑。

一個警員氣沖沖跑進來，神色興奮大聲對他們說：

「x區第八號獨棟屋發生了雙屍命案，要出發啦。」

他們來到x區，那是一處高級住宅地段，每家每戶都附設前後小院子的獨棟西式二層高洋房，四周有圍牆，自成一隅，每座屋前都安裝了角度傾斜的監察鏡頭，以一百二十度左右搖擺，監察獨棟屋門前到街道中心的狀況，但不會看到對面屋。

他們來到第八號獨棟屋門廊，前大門打開，門鎖是電子指紋鎖，進屋後過了玄關，中間是樓梯上二樓，旁邊一條長長的走廊通往後面的花園，後門是關上的，家具東歪西倒，右邊是飯廳連開放式廚房，左邊是客廳，最左邊靠牆有一個矮櫃，裡面放了錄像機、組合音響、CD播放器，都連接上面一台59吋LED大電視，二邊擺放了二座高級音響擴音器，一套三件大型的真皮乳白色長沙發形成U字型對著電視，中間四方型的欅木茶几已經翻倒，壓著一個仰卧的中年女人頸項，她的太陽穴有瘀痕，臉龐、手腕和腳踝都有屍斑，身旁有一個遙控器，屍體開始發脹發臭，右邊的沙發底下面找到一把染血的鎚子，旁邊是一個倒下的古典櫻桃木五斗櫃，櫃頂壓著一名中年男子的胸口，臉容痛苦扭曲，步如嫣和白揚上前看清楚，白揚直呼叫嚷：

「這個男死者就是李綺玲的同居男。」

## 7.

工人合力將桃木五斗櫃抬起，發現死者的衣物被扯爛，臉孔手腳都有被動物嚴重咬過的傷痕，法醫作了初步檢驗將二具屍體移走，步如嫣到處查看，通過走廊走到後門，木門很沉重，電子鎖完整無缺，沒有破壞的痕跡，後院子花木扶疏，樹下有一間木造狗屋，餐具碗還有食物殘渣，可是卻不見狗狗的蹤影，她回到屋子裡，跑到二樓的房間，也沒找到狗狗，卻發現了林太太的手提電腦，她拿著它回到樓下，將電腦交給員警，鑑識人員仍在飯廳廚房採證，她出神地看著五斗櫃，白揚面露不解之色。

「白揚，打開五斗櫃的抽屜查看。」

「是，步警官。」

白揚由最底第五個抽屜開始，裡面是椅墊窗簾，第四個是金屬餐具，第三個是瓷器杯碟，第二個是重甸甸的家庭電器，他想要打開最頂第一個抽屜時，發覺異常沉重，他扭頭望了一下，步如嫣會意過來幫忙，打開時有東西在裡面卡著，如嫣踮著腳伸手進去摸索，摸到軟綿綿的東西，感覺是蓬鬆的毛髮，步努一努嘴，二人同時用力拉出抽屜，抽屜飛脫在地上，裡面裝著一隻毛髮旺盛的鬆獅犬屍體，狗狗大約有十多公斤，抽屜很深，當工人抬起五斗櫃時，狗狗順勢退到抽屜最裡面，工人沒能發現。白揚找來屍體發現者幫傭阿碧到客廳偵訊，阿碧神情不安地坐下，如嫣看著她的眼睛說：

「碧姐，你的東家叫什麼名字？」

「男主人叫林國明，女主人說要叫她做林夫人。」

「狗狗叫什麼名字？」

「叫Nike。」

「是隻狗女。碧姐，為什麼今天才發現屍體？」如嫣神情肅穆望著她。

「昨天星期日是我的例假，我返回自己家裡休息，今天早上我先去買菜才回來上班，這是慣例，打開門就發現林太太被壓在茶几下，林先生被壓在五斗櫃下，我走到後花園，狗狗也不見了。」阿碧憂心忡忡地說。

「你回來時後門是打開，還是關上的？」

「是關上的。」

「那麼有沒有財物損失？」

「我自己的沒有，我看過林先生他們的房間，祇是睡床很凌亂，衣物到處亂掉，林太太一貫放著等我回來收拾，她什麼家事也不會做，喝過的酒杯也不會沖洗，由得它隔過夜等我回來處理，其他的跟平常一樣，沒有翻箱倒櫃，不過，我不知道有沒有損失呢。」阿碧開始多話。

「林太太平時什麼時間起床？」

「她每天約七時起床，她說早睡早起是保持美貌的方法，跟著做一個小時柔軟體操才吃早餐，但是她還不是變得像個豬頭。」阿碧人皺著鼻子說。

「這裡前大門和後門都裝備了電子鎖設置，是怎樣打開的？」

「它們都安裝了電子指紋鎖，在外面開門時要用姆指放在感應器比對才能打開大門，電子鎖會儲存進門紀錄，只有林先生，林太太和我才能用這個方法打開門鎖，在裡面可以用遙控器或人手打開。」

「那麼鬆獅犬呢？為什麼狗屋會在外面？」

「狗狗是上個多月林太太買回來，林先生不喜歡狗狗，祇好養在花園外面，林先生不在家時，林太太才會讓狗狗進屋，我也不喜歡那頭狗狗，脾氣太壞又咬人，經常掉毛又要人家打掃，還有那根噁心的藍色舌頭，被牠咬一口不知道會不會中毒呢？林太太也不打理牠，身體總是臭臭的，不知她買牠回來幹嘛？林先生看狗狗不順眼，經常踢牠打牠，狗狗也看林先生不順眼，看見他就會低聲吼叫，林先生叫林太太鎖著狗狗，林太太說鎖著牠就不能守門口，由得牠在後花園圍牆內活動，不能走出街上。」阿碧口若懸河地抱怨。

「林先生和林太太的感情怎樣？」

「我來了才幾個月，不大清楚耶。不過聽以前的幫傭說林太太出身很窮酸，只是國中畢業，待在小店做售貨員，憑著幾分姿色，林先生看上了她，她才飛上枝頭變鳳凰，但林先生為人愛拈花惹草，緋聞不絕，沒幾年，林先生便冷落林太太，林太太好像無所謂，睜一眼閉一眼，自己過自己富貴太太的生活，林太太是條寄生蟲，要是離開了林先生，她也沒有什麼本領謀生呢。偷偷告訴你，林太太是個打手，專門替林先生打發、對付那些他玩厭的女人，不是她死了我也說她，她簡直是一條走狗。」阿碧撇著嘴說，一副我比她高貴的模樣。

白揚聽得眉心打結，步如嫣將李綺玲的照片秀給阿碧看。

「你有沒有見過這個女子。」

「見過。」

「什麼時候？在那裡？」

「上星期她到這裡來，是要跟林太太攤牌談判。」

「啊！事情怎樣？」

「她進屋後，狗狗作勢撲向她，她嚇得縮作一團，林太太叫我將狗狗拉到後花園，吩咐我到超市買東西，支使我離開。」阿碧露出好戲還在後頭的表情。

「那就沒戲看了。」如嫣立刻煽風點火。

「也不是，看到結局呢，我將狗狗拉到後花園鎖好，再繞到前門窗邊偷看，剛好聽到林太太訕笑說：『我老公說你是一隻討厭的蟑螂，好想一腳踩死你，你纏住他就是貪他有錢，千方百計要跟他結婚，不要臉的賤母狗。』那女子氣得顫抖說：『你才是賤母狗。我不相信你的鬼話，他發誓說當我是心肝寶貝，是你故意說謊詆毀他，死三八。』林太太指著她罵道：『你信也好，不信也好，過主啦，臭婊子。』跟著她哭得像死了爹娘，掩著臉衝出門口，幸好我及時躲避，她沒看見我，跟著我去超市買東西，回來時林太太猶自呵呵大笑，啜飲紅酒，現在她卻被那個女子殺掉了。」阿碧幸災樂禍地笑說。

「你怎知道是那個女子殺死林太太？」白揚停下打電腦問。

「不是嗎？她那樣憎恨林太太，恨她作梗，拆散她和林先生，這就是殺人動機，電視劇都是這樣做嘛。」阿碧回答得理所當然。

白揚哭笑不得看著她，如嫣煞有介事想了一下說：

「白揚，你跟鑑識科人員前往李綺玲家裡取證。」

白領命離去，步繼續問話：

「你還有沒有發現有什麼不同的地方？」

阿碧想了一下。

「有一隻非常名貴的水晶杯不見了，是林太太從法國買回來，是一對的，她每次吃飯時都用它喝酒，現在只賸下一隻了。」

「還有什麼特別的地方？」

「五斗櫃裡面不同了。」

「什麼裡面不同了？」

「林太太將裡面的東西調換了，她將軟墊、窗簾和餐具搬到最底下的二個抽屜，還塞得滿滿呢，又將杯碟、電器如吸塵機放到較高的抽屜，要想拿出來會很麻煩耶。不過也沒關係了，他們都死了，我也不會在這裡工作。」

「謝謝你。」

步如嫣到處查看，發覺CD播放器是開著的，裡面放了一張CD，便將它投放在電視上播映，畫面是林先生抿緊了嘴唇，厲眼瞪著前面；接著是林先生舉手想要打人的樣子，拿著藤條用力抽打的動作；林先生伸開雙手踢腿的誇張動作，背景的聲音是狗狗的「喔喔」聲，影片不斷重復，直至CD播完為止。

步如嫣走到隔壁屋子，找到傭人偵訊。

「昨天你有沒有發覺隔壁有異常。」

「他們的電子鎖很擾人，夜晚寧靜時，響得特別大聲『叮咚，歡迎回家。』」

「那麼昨天你有沒有聽到呢？」

「一共有二次，第一次在早上七時左右，第二次大約在早上十點。」

步如嫣吩咐員警拿取案發的電子鎖紀錄，所有獨棟屋監察電視片子，連同其他證物帶回警局調查。

## 8.

白揚從李綺玲家裡採了指紋回來，隔天法醫也交來驗屍報告：

「林太太身上有三處很清晰明顯的傷痕，後腦和太陽穴被鎚子所傷，脖子被重物壓著，臉朧、手腕及腳踝有屍斑，死因是喉嚨被茶几壓著窒息而死，死者死時合上眼睛，估計兇手先襲擊後殺人；男死者是突然被五斗櫃倒下壓在胸口，重力撞擊肺部爆肺而死，二人都是在星期日早上十時到十一時死去的，狗狗困在五斗櫃的抽屜缺氧而死。從李綺玲家裡採回來的指紋除了林國明和李綺玲外，還有一名未能識別身份的第三者。」

步如嫣和白揚帶著林國明影像的CD片子交給警犬組專家分析。

「二位警官，片中的男子做了幾個動作對狗狗是危險的訊號，分別是瞪著牠、舉起手裝著要摑打牠、雙手張開踢腳的誇張動作。」專家托一托眼鏡說。

「那麼狗狗對這些動作會有什麼反應？」

「牠會像片子背景的狗狗發出『喔——喔』的聲音，當『喔喔』聲變了低音，音節拉長、沉重，表示狗狗感到威脅，牠蓄勢待發啟動攻擊。」

「要是每天給狗狗看這條片子，會做成什麼後果？」

「狗狗會做出條件反射的反應，見到男子的本尊，立即攻擊。」

「換句話說片子是訓練狗狗殺人。」步如嫣反應敏捷回應。

「是的。不愧是兇案組，任何東西都能夠被你們演繹成殺人工具。」專家正經八百說著，如嫣聽了，氣結不已，控制住不翻白眼。

步如嫣和白揚返回辦公室研究案情。

「三屍命案是林國明、林太太和李綺玲陷入三角戀的迷宮，互相廝殺的結果。」白揚拿著馬克杯喝咖啡說。

「那麼誰殺誰？」

「林國明要殺李綺玲，李綺玲要殺林太太，林太太要殺林國明。」

「動機呢？」

「林國明是個花花公子愛把妹，玩厭了李綺玲後要拋棄她，命令林太太做打手，林太太嘗試嚇退李綺玲卻失敗了，李綺玲是個固執的痴心女子，不相信林太太的大話，阿碧有證辭說聽到林太太訕笑說：『我老公說你是一隻討厭的蟑螂，好想一腳踩死你。』李綺玲強辯說：『我不相信，他說當我是心肝寶貝，是你故意說鬼話詆毀他。』李綺玲認為林國明是真心愛她的，證據是林國明將林太太心愛的水晶杯送給她，當中是林太太阻撓，祇要除去林太太，她和林國明就能夠結合，這是李綺玲的動機，林國明殺人動機是不想被林太太要脅是他殺死李綺玲，林太太的殺人動機對林國明恨之入骨，殺了他就能繼承他的財產。」白揚頭頭是道地分析。

「林國明要殺林太太的動機有點牽強。但是怎樣證明林國明利用狼狗殺人？」

「狼狗是林國明帶到李綺玲家裡，然後再運送牠到小山丘的樹林秘密訓練，依照他的指令去咬殺綺玲。」

「你推理的方向是正確，但沒有證據支持，我也認為行兇者是林國明，是他對狼狗發出指令咬死李綺玲，但至今我們仍沒有找到他如何訓練狼狗的證據，為什麼狗狗不去攻擊她最軟弱的喉嚨？反而咬她的肚皮呢？那絕對不是狼狗隨機咬下去，林國明心狠手辣，事成後立刻殺狗滅口，就算我們懷疑他利用狼狗殺死李綺玲，但失去最重要的物證狼狗，未能重組狼狗咬死人的案情。」

「他殺死狗狗滅口的手法十分巧妙和專業，實在有高人指路喔。」白揚拖長尾音說。

「那麼李綺玲如何突破電子鎖的防衛？而且獨棟屋的監察電視沒有拍攝到李綺玲，甚至任何可疑人物。」

「不是啦，是林太太開門給她，況且李綺玲曾經到訪林太太，林太太認識她。監察電視的視角範圍有死角位，只要算準監察鏡頭的搖擺角度，就能避開被拍攝到。」

「但是電子鎖紀錄了林太太在七時許用指紋密碼進入獨棟屋，隔壁的傭人也聽到訊號的聲音。」

「可能剛巧林太太有事走出屋外，再回到屋裡呢，哪跟我的推理沒有抵觸啊。」

「她有什麼事情要走出屋外？林太太有三處明顯的傷口，其中一個在後腦，只能偷偷在後面施襲才會做成如此傷口，怎會是林太太開門給李綺玲？還有她為什麼不下重手殺死林太太？」

「要偷襲林太太的機會多的是，我的推理是李綺玲突破不了自己的心理關口，心太軟不能下毒手，或者李綺玲下手不夠重，沒有確認林太太還沒有死去，便慌張離去。」白揚拚命找出合理的解釋。

「都已經走到殺人這一步，要是不能狠心落手？不謹慎行事？不如乾脆不動手殺人好了。」如嫣起身踱步反駁。

「林國明已經詳細計劃一切了，他知道幫傭阿碧星期日放例行假期，星期六晚上離開林家，星期一早上才回來，他指示李綺玲星期日早上七時多到達林家，殺死林太太，等到九時多李綺玲返回自己家裡時，他在半路釋放狼狗攔路，指揮狼狗咬死李綺玲，林國明一定已經安排了自己不在林家現場的證據，譬如約了朋友在早上七時多見面，之後八時後離去，他要利用警方確定林太太的死亡時間是早上七時多，再安排朋友做證人，置身事外，但是功虧一簣。」

「你的後續推理如何？」

「林國明在十時多大模廝樣回到家裡，卻發現林太太還未死去，要是留了活口，林太太手握他殺死李綺玲的把柄，以後就會受制於林太太，實行一不做二不休將林太太殺害，怎料林太太臨死之前用遙控器開著CD播放器及電視，放映林國明威脅狗狗的片子。」

「你的假設是鬆獅犬已經在屋內了。」

「是啊。片子刺激了鬆獅犬襲擊林國明，人狗糾纏博鬥之時，林國明要將鬆獅犬塞進五斗櫃的抽屜裡，怎料到當他拉開抽屜放入鬆獅犬，五斗櫃失去重心倒下，林國明走避不及，壓住胸口，將林國明壓得爆肺意外死去，這樣就解釋了林國明和林太太同時在星期日早上十時多死去的事實。」

「真的是林國明殺死林太太嗎？我也看過外國的片子，有小孩子拉開五斗櫃最下面的抽屜，然後站在上面，令五斗櫃失去穿重心倒下，整個人被五斗櫃壓在下面，活生生被砸死。可是，林家的五斗櫃是桃花木高級貨，比較沉重，重心也比較低，不容易翻倒，況且林國明是壯年人，力氣較大，動作靈活，理應能夠避開五斗櫃壓在身上，而且鬆獅犬也會反抗呢？」

「所以林國明的雙手及身體滿布傷痕，而且我們不知道當時人狗相鬥的情況、鬆獅犬反撲的力量，當中的無情力足以令五斗櫃翻倒，你不能抹殺這種可能性啊。」

步如嫣雙手交叉抱胸，凝神看著白揚思考。

「步警官，你這樣看我，我會臉紅。」

步如嫣如夢初醒，喝罵他說：

「去你的，你少臭美。你再查看獨棟屋的監察電視紀錄，還有沒有其他線索？」

## 9.

白揚將獨棟屋監察電視的片子擺在手提電腦播放，獨棟屋是相對的，右邊是雙數，左邊是單數，第八號屋是在右邊第四間，影片的時間是星期日早上十一時，街上行人疏落，多數是外藉傭人，接著一名年輕微胖的女子在左邊街口走進監察電視範圍，她戴著太陽眼鏡和口罩，遮住整個臉孔，頭髮攏在後面紮起髮髻，穿著花裙子、半跟鞋，她望向第一號屋的門牌，沒有猶豫快速向前走到第三號屋，來到屋前打量一下，轉身正要走向對面馬路時，她停下腳步，望向斜對面街口的方向，看了好一會，才低著頭慢慢走過對面，其他監察電視都影著她放慢了步伐，直至來到第八號屋小院子前面，她小心推開木柵，躡手躡腳走進去，過了半晌，她奔跑出來，轉左跑向街口離去。

「這個胖女子遮住了整個臉孔，根本不能用人臉識別的技術找出她是誰？」白揚把片子回轉到那個胖女子的臉蛋，再放大給如嫣看。

「片子是黑白色，清晰度也不足，真的很難分辨啊。她在第八號屋看到的是兇案現場，才會慌張離開，可是，為什麼她會走到第八號屋？」

「會不會她也是林國明的霧水情人？才會到那裡找他，她由進入第八號的院子到離開，前後不過二分多鐘，她沒有足夠時間殺人。」

「既然她看到有人死在屋裡，為什麼事後不報警呢？」如嫣側著頭說。

「可能她不想公開跟林國明的關係，惹上不必要的麻煩吧？」

「還有，她在第三號屋前停下來望向右邊街口，她在看什麼？能否找出同一時間第二號屋的監察電視片子？」

白揚忙著在電腦尋找相關的片子，如嫣無意識地用手指像彈琴敲打著桌子。

「找到了。」

白揚點按電腦，片子一開始就突然閃出一個女子的背影，她戴著拉得低低的漁夫帽，穿著風衣、牛仔褲，半鞋跟高的長筒靴子，她走在行人路中間，左邊是樹籬，右邊是一輛汽車，她走得很慢，姿勢有點左搖右擺不自然，好像扭傷了腳踝，跟著轉過彎就不見了她的蹤影。

「這就是胖女子停下腳步來看到的影像，就只有這個女子，沒有其他人了喔。」

「第二號屋的監察電視有沒有影到她的正面？」

「沒有耶，她好像是憑空出現的。」

「我們假定她是從雙號數的屋子走過來，那麼其他屋子的監察電視有沒有影到她？」

「我立刻去找那些片子。」白揚十分醒目地回應。

過了好一會，白揚找到了所有片子串連起播放，街上只有其他人，沒有這個女子的身影。

「這真的很奇怪，她好像是故意躲開監察電視一樣。」白揚摩娑著下巴說。

「你再看單數屋子的片子確認吧，不過，我打賭一定找不到這個女子。」

「你好像是先知。」白揚不禁酸她一下。

「最近新出的三維軟件能在片子裡量度計算疑犯的身高。」如嫣不搭理他說。

「怎樣做到？」

「是利用疑犯附近的物件做量度比對，再放射計算疑犯的身高。」
「你認識那個無名女子？」
「我不敢肯定，但是她極像我認識的人。」

## 10.

如嫣利用三維軟件計算出那名女子的身高，大約是一七二厘米，她對著結果皺眉頭。
「怎麼啦？有什麼結論？」白揚不懷好意地追問。
「我曾經跟她比過身高，她當時穿著平底鞋，比我略矮，但也有一六五厘米身高。」如嫣滿臉疑惑地回答。
「那麼相差了七厘米呢，身高不能騙人，她不是你所認識的人。」白揚笑說。
「那麼為什麼胖女子會特意停下來看著她啊？」
「步警官，我們還要檢視其他證物。」
如嫣和白揚審視林太太的社交網站及手機通訊資料，輪到白揚皺眉頭。
「最可疑是這個『認識狗狗』的網誌，是林太太唯一加人關於狗狗性格的群組，博客用了一個不倫不類的名字叫自己做伯卿。」

「有什麼可疑？」

「他的追隨者甚少，只得幾十人。我到谷歌查看過，有一個古人的別名叫伯卿，是《荔鏡記》男主角的名字，台灣歌仔戲也有這一齣戲。」

「看來這個伯卿故意篩選追隨者，目標可能就是林太太。」

「林太太曾經在群組提問訓練狗狗的方法，博客單獨回答林太太，他用手機傳了簡訊叫林太太直接詢問購買狗狗的店。」

「是那一間店？」

「叫『芊峰寵物店』。」

「原來是她。」

「咦，你認識店主？」

「是朋友的朋友。還有沒有其他資料？」

「群組有人提議林太太購買鬆獅犬，鬆獅犬性格暴躁，是十大最具攻擊性的惡犬，竟然有人讚好，簡直就是害人精，有人給了『芊峰寵物店』一個讚，點評該店很專業，服務貼心，資訊科技組調查這二名追隨者，發覺二人使用同一個IP地址，更發現是博客的化身，他一而三，三而一，間接影響林太太購買鬆獅犬的決定。」

「那麼他也會教授林太太訓練鬆獅犬攻擊林國明的方法，博客伯卿和『芊峰寵物店』一定有關連，這是線索。」

「但是博客伯卿在二個星期前關掉了網誌，資訊科技組找到IP地址所在位置，上網調查原來是一間在鬧市的網吧，光顧的網咖甚多，根本不能追蹤博客伯卿，一切都徒勞無功。」

「也不是，博客伯卿，我所欲也。」如嫣一臉不在乎。

「步警官，你是盲目地樂觀。」

「走吧。」

「去啥？」

「閒著無事，我們去找林國明如何訓練狗狗的線索。」

他們來到發現狼狗屍體的小山丘，樹林摩天茂密，如傘如蓋，涼風習習，蟲鳴啾啾，陪隨他們來到樹林中的狗屋空地，意外地發現一名年約十歲的小男孩拿著捕蟲網探頭入狗屋搜索。

「嗨，你在找什麼？」步如嫣向他展示最甜蜜的笑容。

「你們也在找什麼嗎？」小男孩扭頭反問。

「現在是獨角仙出沒的季節，還有扁鍬形蟲、象鼻蟲和星天牛嘛，但是，我絕對不相信狗屋會有獨角仙呢。」

「你真笨，在狗屋當然是找狗狗。」小男孩有點笑她無知。

「是什麼樣的狗狗喔？」如嫣毫不在意問。

「是隻狼狗。」

「我還以為是什麼名貴狗狗，原來是隨處可見的狼狗耶。」如嫣也回敬他。

「那是一隻非常特別的狼狗。」男孩面紅耳赤，極力辯駁。

「我不相信，狼狗有多特別啊？」如嫣露出不屑的表情。

「那是一隻見到布條就發飆亂咬的狗狗，瘋狂得像條鱷魚撕碎獵物一樣。」

「那實在太嚇人了，你親眼看到嗎？」如嫣故意睜圓眼睛看著他。

「是啊，就在這個空地，有一個男人將一條骯髒的布條擲向前方，講了些話，那隻狼狗就廝咬布條，之後男人安撫牠給牠零食，取回布條，又再擲向前方，又講話，狗狗接過亂咬一通，他獎賞狗狗又給牠零食，不斷重複，一直也沒有更換過那一塊爛布條。」

「他講了些什麼話？」

「我離開得太遠，聽不清楚，不過我肯定不是中文。」

「可惜沒能看見如此精采的表演呢，真是遺憾啊。」如嫣露出失望的表情。

「是啊，今天到來發覺狗狗不見了。但是我曾經拍了一張照片。」

「可以給我看嗎？」

男孩立刻滑手機，秀了照片給步如嫣看，林國明側身扠著腰，前方狼狗咬著一塊邋遢的破布條。

「可以傳送給我嗎？我想留作紀念。」如嫣的戲很爛，白揚感到寒毛也豎起。

「好吧，難得志同道合。」男孩豪邁地回答。

「我也送你禮物啊。」如嫣打開手帕，裡面包著一只紅褐色的獨角仙。

「好漂亮啊，這是一隻稀有的品種。我可以親親你嗎？我是這樣謝謝我媽媽的。」男孩靦腆的說。

「好吧。」步如嫣失落地答應，白揚竊笑。

「我們走了，嗨，你叫什麼名字？住在那裡？」

「我叫小明，住在這條村x號二樓。」

「再見咯，你也早點回家啊。」

如嫣和白揚揮手與男孩道別，二人走遠了，白揚好奇問：

「你怎麼會有獨角仙？」

「你不是說女人像狐狸嗎，我是狐狸大仙。」如嫣扭過頭對他笑得詭異，白揚又再打了個寒顫。

他們回到辦公室，步如嫣研究狼狗照片，她放大來看，狼狗咬著那一塊布條異常對稱，像一塊長了雙翼的鞋墊，中間渲染了黑褐色暈開的髒物，破爛得很厲害。她再移去看林國明的側面，想了一下，傳了一個簡訊給薇薇安。

薇薇安很快回覆及附上一張照片。

「我剛從旅行回來，買了手信給你。」

「那麼明天要不要出來午餐？」

「好的。」

步如嫣將薇薇安傳來芊柔男朋友的側身照片比對狗狗照片，她將二張照片放大到同一個尺寸，把二個側身的男人重疊比對，髮型耳朵身高是一樣，謎團解開了，芊柔的男朋友是林國明，芊柔難道不知道林國明是獵豔高手嗎？

如嫣來到餐廳，餐廳座落在公共花園內，白色典雅的英式建築風格，三面是落地玻璃窗，外面是一個人工湖，湖邊浮著白色、紫色的睡蓮，五彩繽紛的錦鯉隨水蕩漾，一派優雅閒逸的景緻。

如嫣坐在預訂的位置，四處找尋薇薇安的踪影，瞥見有人對她搖手，看清楚，是薇薇安坐在鋼琴彈奏凳，正襟危坐，深呼吸一下，輕快悅耳的琴音跟隨她靈巧的手指飛揚，是貝多芬的「給愛麗斯」，想不到這個狹逢眼、包包臉的平凡女孩竟然深藏不露，一曲既終，大家拍掌讚好。

薇薇安起身，裙帶飄飄踏下平台，款款步行，如嫣看著她的花裙子若有所悟，立刻用手機拍下她的片子，薇薇安回到座位，調和呼吸，點過餐，遞了一盒點心給如嫣。

「謝謝你，你去了那裡？好不好玩？」

「去了日本七天，散散心吧，前二天才回來。」

「想不到你是多才多藝。」

「過獎了。這裡是我們三劍俠度過許多快樂時光的地方，晚上有鋼琴樂師演奏，日間容許顧客上台自娛，當然也要有信心嘛。」薇薇安掩不住驕傲之色。

「你們在這裡做些什麼？」

「談天閒聊，聊的是藝術、文學、小說、音樂、人生，尤其是二妹小雯，她是文青，性格浪漫，愛寫小說投稿，她寫的是別樹一格的耽美純愛小說，她說她寫小說要先擬好人物的名字，有了名字才有感覺，好像有了真實人兒活生生在身旁，再塑造人物的性格，舖排場境經歷，角色有了自己的性格，便隨心所欲行事，影響劇情，連作者也控制不了，就是這樣耗盡心力，故事一點一點黏合而成。」

「寫小說的人許多時間都是自己胡思亂想，很孤獨啊。」

「孤獨是一種能力，講故事的人多數有這種能力，或者忍受孤獨的能力。芊柔就沒有這種天賦，她是個愛熱鬧的人，所以她選擇了做動物美容師，整天對著動物說話也不會厭倦，她和小雯的性格是南轅北徹，卻偏偏最合得來，感情比親姊妹還要好，二個人永遠有說不完的話題，她就是最遷就、最寵小雯，甚至是縱容她，好像小雯才是老么，真是前生注定啊。」

「有沒有你們的照片？」

薇薇安秀給如嫣看三人的合照，當中陌生女子長得清秀，很有書卷味，有點眼熟。

「咦，這條簡訊是傳給五娘，誰是五娘？你們還有一個姊妹？」

「不是啦，是小雯，她姓黃，在家裡排行第五，她是壞鬼書生多別字，改了個網名叫做五娘。」

「看見你們姊妹三多快樂，什麼時候再聚首？」

薇薇安黯然神傷，潸然淚下。

「無可能了，小雯死了，幾個月意外死了。」

「對不起，惹你傷心。」

## 11.

如嫣將三個電子狗牌物證的號碼傳送到相關部門查詢，等候答案其間她仔細研究李綺玲月曆畫上的紅色圈圈，她數了圈圈相隔的日子直到李綺玲被狼狗咬死當日，都是相隔二十七至三十日。過了半天相關部門回覆電子檔案給她，她細閱檔案，發覺三隻狗狗都是由『芊峰寵物店』賣出的，這條線索連在一起了。

她又將 x 區獨棟屋出現的胖女子跟薇薇安比對，發覺二者的臉胚都是一樣，她利用步行姿勢軟件，將二人走路的姿態重疊播放，發現身形、步伐和走路姿勢也湊合得天衣無縫，還有那條花裙子呢，胖女子就是薇薇安，當時薇薇安轉身注視街口的女子，哪是否芊柔？可是二者身高卻絕對不相符，當中是否暗藏詭計？

如嫣決定先到『芊峰寵物店』偵訊芊柔，店鋪開在高尚住宅區，樓高三層，一樓和二樓是門市部、狗狗美容室及動物酒店，店內各人正在忙碌工作，一名女店員看見如嫣便愉快地高聲說：

「歡迎光臨，您好，有什麼事情可以幫忙？」

「您好，我想找芊柔。」

「請問誰人要找陳經理，好讓我傳話。」

如嫣沒有出聲，只秀給她看員警委任證，店員請她等一下，神情狐疑地離去，不一會，店員帶領她走到後面的辦公室。

「薇薇安大姊跟我傳簡訊說昨天跟你會面，還談及我們三劍俠的糗事，真是見笑了。步警官，到訪所因何事？」芊柔起身迎接，露出客氣的笑容。

「請問你是否認識這名男子？」主客甫坐下，如嫣滑手機秀了林國明的照片給她看。

「認識，他是我的顧客，他買了一只狼狗，他怎麼啦？」

「他在一單命案死了。」

「真可惜，他的人很好。」芊柔平淡地說。

「你們的關係如何？」

「我們只是泛泛之交，沒有深交。」芊柔不置可否微笑。

「但是狗狗美容比賽後當晚你們一起約會晚餐？」

「那只是薇薇安的臆測，當天我跟其他朋友見面。」芊柔顯得有點不耐煩。

「你是否認識這位女士？」如嫣秀給她看林太太的手機相片。

「她也是顧客，當天狗狗美容比賽你們也見過她喔。」

「那麼你是否親自訓練她的鬆獅犬？」

「不是，我沒有空，我介紹另一名能幹的同事給她。」

「這個電子狗牌號碼的狗狗是否由你的店鋪賣出？」如嫣再秀給她看一個號碼。

「讓我查看一下。」芊柔稍微錯愕，立刻回復平常點按電腦，過了好一會把電腦轉向秀給如嫣看，上面有一幀白色松鼠狗的圖片及文字描述。

「這隻狗狗在大半年前買出，客人是張先生。」

「能否打印這一頁給我？還有，請給我一張名片做紀錄。」

芊柔在抽屜裡拿出一張精緻的名片，雙手遞給她，和打印紀錄，如嫣含笑收下，離開店鋪時將名片小心拈進塑料證物袋，一名貴婦抱著貴婦狗，踩著七點五厘米的高跟鞋經過如嫣踏進店鋪，如嫣轉身看她，若有所思，頃刻，她驅車回警署。

第二天如嫣約了薇薇安放學後喝下午茶，如嫣先到，點過飲料，薇薇安姍姍來遲，她坐下立刻喝光了一杯清水說：

「剛才那堂音樂課那些學生不太聽話，累我要不停大聲說話，口腔乾死了。咦，為什麼會找我呢？」

「我正在調查一單案件，你可能是證人呢。」如嫣單刀直入說。

「啊，什麼案件？」薇薇安神色不自然。

「上個星期日早上我們在x區拍攝到一名女子，不知道是否你喔？」如嫣秀給她看一名胖女子正走入第八號獨棟屋。

「是我，我去找林國明。」薇薇安直認不諱。

「你看到什麼？」

「我看見一個胖女人仰臥，被茶几壓住脖子，五斗櫃翻倒，室內家具東歪西倒，看不見林國明。」

「為什麼不報警？」

「我怕惹上麻煩。」

「你怎樣認識林國明？」

「就在狗狗美容比賽後當晚，芊柔叫我一起晚餐，原來她真的跟林國明約會呢，我不知道這是否芊柔婉拒林國明的方法？帶著朋友赴約，但是之後，林國明頻頻約會我，我迷迷糊糊竟然會欣然赴約喔。」

「林國明是不理女人生得好醜，只要就手的壞男人，況且，你是同志？」如嫣憋不住揶揄她。

「人家也解釋不了啦，是愛情魔力吧，同志也有些是雙性戀嘛，我只是現在才發現呢，遲到好過無到。」薇薇安拚命地解釋。

如嫣聽了好想笑出來，不過仍忍得住，她在手機秀出薇薇安凝視街口的照片問：

「你在看什麼？」

「我……我聽到一響尖銳的煞車聲便轉身去看，看到一隻狗狗竄出馬路不見了，幸好沒有發生意外喔。」薇薇安沒料到有此一著，窘迫地掩飾。

「啊，原來如是，事件澄清了。我們喝茶吧。」

如嫣好像是全盤接受薇薇安的說法，倒茶給她，薇薇安如釋重負拎起茶杯品賞，二人輕輕鬆鬆過了一個下午。

如嫣駕車回警署，她肯定薇薇安在說謊，其中要是有煞車聲，為什麼那個無名女子卻沒有任何反應，仍舊專心走路？欲蓋彌彰的謊言反而證實薇薇安認識那個無名女子，她去到八號屋打探情敵林國明的狀況。

回到辦公室，白揚告訴她芊柔名片上的指紋，就是李綺玲家裡那個不知名的指紋，證明芊柔能夠登堂入室走進李綺玲家裡，還有在狗狗資料上頭買家的電話號碼已停用，但是發現號碼屬於林國明。

如嫣打電話給芊柔，約定明天下午拜會她。

## 12.

黃昏將盡，步如嫣和白揚來到『芊峰寵物店』，三樓是芊柔的家居，芊柔在門口迎接如嫣二人，她態度冷靜安詳說：

「今天提早打烊，請到天台來，我預備了簡單輕食招待二位。」

他們看了一會寵物，來到天台，夜色湛藍，山邊掛著一彎下弦月，偶而傳來蟲聲，周圍亮著橘黃色柔和燈光，中央放置圓桌和椅子，上面放了茶壺水杯，薯片、開心果等零食。

「我遇到二件奇案是關於狗狗的古怪行為，希望芊柔能提供意見。」如嫣坐下立即打開話匣子。

「我未必能幫忙，不過姑且說來聽聽。」芊柔雙手抱胸，蹺起腳坐下，一副拒人千里的模樣。

「你有沒有聽過某區有惡犬咬死一名女子的新聞嗎？」

「聽過。」

「警方推理是死者李綺玲的男朋友林國明夥同第三者利用狗狗殺人。」

「狗狗殺人?真的奇怪，你們的推理怎樣?」

「案發當天星期日清晨五點多林國明打電話給死者李綺玲約她出來，此一舉動牽涉另外二單案件，容後再說，但是林國明並沒有出現，其後八點多他又再打電話給李綺玲說回到家裡見面，大約九點李綺玲快到家門時，被自家養的狼狗襲擊，咬爛子宮而死，警方找到證據林國明不斷循環再用一條破爛布塊訓練狼狗噬咬，那一塊並非普通爛布，是一條用過的月事衛生棉，是李綺玲用過的，我們有照片佐證，還有人證，只有林國明才能拿得到李綺玲的極私密的物件;第二個證據是李綺玲的月曆，李綺玲在上頭寫上日常要完成的事情，還在某些日子畫上紅色圈圈，當初警方並不知道原因，後來才推斷出是林國明紀錄了李綺玲月經來潮的日子，他就是利用綺玲的月經來潮，刺激釋放狼狗嗜血的野性獵食本能，訓練狼狗記著李綺玲月經血的氣味，在李綺玲月經到來的當日，他放出狼狗噬咬李綺玲的子宮殺死她，兇手清楚知道李綺玲當日來了月經，故此那天並沒有在月曆畫上紅色圈圈。」

「這是什麼狗狗殺人的動力理論啊?」

「是有真實例證的。在美國有紀錄記載一名女子月事到來時，在家裡附近樹林跑步，一頭正在獵食的美州獅聞到她體內的血腥氣味，引發牠的獵食本能，把她襲擊咬死，兇手就是利用這個動物本能原理，訓練狼狗咬死李綺玲。」

白揚驚訝得出不了聲。

「狼狗憑月經瘀血殺人？真是匪夷所思。」

「那麼我想請教芊柔如何訓練狗狗聽從指令？你是專家。」

芊柔默不作聲，如嫣繼續娓娓道來：

「最主要是條件反射訓練，狗狗聽從主人的指令，完成要求動作，譬如攻擊某人，狗狗就會得到零食的獎賞，主人用中文講出指令如坐下、走動，也可以用英文 sit, run，對狗狗而言，牠只要認得主人發出的音節就會行動，不用知道指令的文字意義。我們的證人證實林國明不是用中文對狼狗發出指令，狼狗只要聽到主人講出指令，牠就會立即攻擊李綺玲的衛生棉，林國明利用了人們的心理盲點，證人麥婆婆聽到有人叫出『easy, calm down』，人們便會以為『easy, calm down』，意思就是叫狗狗放鬆，平靜下來，其實林國明將『easy, calm down』用作行動指令，他最後一遍說得特別大聲用力，而且語氣特別重，是他命令狼狗攻擊李綺玲，狼狗聽到語氣的訊息，立即噬咬她月經到來的子宮，將她咬死。」

「那又關第三者什麼事情？」

「第三者是狗狗專家，教導林國明訓練狼狗，而且第三者更負責殺死物證狼狗，你做過動物護士，你必定認識木糖醇，知道木糖醇對狗狗是劇毒。」

「你調查過我。」芊柔撇著嘴說。

步如嫣沒有理會她繼續說：

「狼狗是吃了摻雜木糖醇餅乾，肝臟衰竭而死，林國明不懂得木糖醇的知識，也不懂得烘焙餅乾的方法，是第三者幫忙殺死狗狗。」

「就算第三者幫忙殺死狼狗又如何？他又沒有殺死李綺玲。」芊柔賭氣說。

「是的，第三者只是幫兇殺死李綺玲，但是他牽涉之後林家二件連環命案。」

「什麼？不是林國明殺死林太太嗎？林國明被鬆獅犬襲擊，意外地被倒下的五斗櫃砸死，你推翻我的推理。」白揚怪叫道。

「我先解釋第三者如何突破電子指紋鎖的防衛，警方在李綺玲家裡找到一隻水晶杯碎片，上面粘著鉛筆芯粉末，這是用來偷取林太太的姆指指紋，那一隻水晶杯是林太太愛用的，本來是一對的，水晶杯上面印滿了她的指紋，林國明拎走到李綺玲家裡，將鉛筆芯削成粉末，把鉛筆芯粉末灑在水晶杯上，鉛筆芯粉末黏著指紋上，細緻的指紋就會仔細顯現出來，跟著用膠紙貼在鉛筆芯指紋，指紋就固定在膠紙上，再用手機拍攝下來，利用手機的指紋影像騙過電子指紋鎖。隔壁的傭人聽到二次應門聲，也是詭計之一，七點多那一次讓人懷疑李綺玲入屋殺人，因為林太太的水晶杯碎片是在李綺玲家裡發現的，電子鎖紀錄了有人用林太太的指紋入屋，但那不是林國明，更不是李綺玲，是第三者入侵林家。」

「你說得越來越玄。」

「破案的關鍵在於後門，要是後門一直關上的，那麼鬆獅犬會在那裡呢？這樣有二種情況假設，第一種假設鬆獅犬已經在大屋內，那麼李綺玲根本進不了大屋，上一次李綺玲與林太太攤牌時被鬆獅犬襲擊，嚇得縮作一團，她根本不敢進入屋裡，又如何殺死林太太？第二種假設鬆獅犬被放在外面後花園，那麼當林國明十點多回到林家，誰人釋放鬆獅犬進入屋裡？一定是第三者，林國明討厭狗狗，他不會放牠進來，也絕對不是李綺玲，因為她在九點多時已經被狼狗咬死了，結論是李綺玲被人嫁禍進入大屋殺死林太太，林國明叫她五點多離開家裡，九點前回去家裡，在這段時間裡李綺玲就沒有不在場的證據，而且她已經死了，更加死無對證。但是無論那一個假設，也證明了一件事情。」

「什麼事情？」

「第三者跟鬆獅犬十分熟稔，甚至是牠半個主人，故此鬆獅犬會聽從他的說話。」

「你說的是假設而已，那麼第三者如何作案？」芊柔不斷挑戰如嫣。

「我先說第三者怎樣殺死林國明，第三者在七點多來到林家，制服了林太太，他並沒有傷害她，但是用布條塞住她的嘴巴，再用塑膠帶綑綁她的手腕和腳踝，所以林太太屍體的臉頰、手腕和腳踝也出現了屍斑，她將林太太收藏起來，跟著裝置五斗櫃翻倒的意外詭計，第三者在最底的抽屜放了輕巧的物件，第五個抽屜是椅墊窗簾，第四個是金屬餐具，第三個是瓷器杯碟，第四個是最重的電器，第五個是空的，阿碧的證詞指出五斗櫃裡面的東西被調換了，是第三者的詭計裝置五斗櫃，形成頭重腳輕，重心點移近上面，只要加一點外力，五斗櫃很容易被扳倒。第三者將鬆獅犬帶進屋等候林國明回來。」

「哎呀……，好厲害啊。」白揚插嘴。

「十點多林國明走進大屋，第三者立即放出鬆獅犬，鬆獅犬受過林太太的訓練，間接也是第三者訓練，立即撲向林國明攻擊，人犬搏鬥，第三者走出來裝作幫忙，提議林國明將鬆獅犬鎖在五斗櫃的抽屜，但是若要將鬆獅犬塞入第五個抽屜，林國明一定要舉高鬆獅犬過頭，林國明高度不夠，於是第三者便拉開最底第五個抽屜，叫林國明踏上抽屜的邊沿，林國明踏上後五斗櫃已經翹向前傾，重心點再提高，當林國明把鬆獅犬塞入第一個抽屜之際，第三者立即走到五斗櫃後面用力一推，這一點少許的外力突然把五斗櫃翻倒，林國明走避不及倒地，沉重的五斗櫃砸在胸口上，砸得林國明爆肺而死。」

「這真是近乎完美的殺人方法。」白揚一聲讚嘆。

「第三者再解決林太太，他用鎚子扑她的後腦，但沒有打死她，再扑她的太陽穴做成傷口，最後把茶几放在她的喉嚨上，用力壓下令她窒息而死，跟住開著CD播放器放映林國明嚇唬狗狗的片子，將遙控器放在林太太的身旁，好像是林太太臨死前開著，第三者把李綺玲家裡的鎚子染上了林太太的血，掉在沙發底當作殺人兇器，殺人及佈置證據完成，第三者離去。」

「為什麼第三者要大費周張，不先殺死林太太？」白揚追問。

「第三者要置身事外，她要製造假像不被懷疑。根據之前的推理，要是林太太七時多死去，林國明就有明確的不在現場證據。第三者的劇本是先安排兇手在七點多進屋，好像已經襲擊林太太，但是林太太很命大，沒有死去，當林國明回來，發覺林太太沒有死去，便用桌几壓在她的喉嚨窒息而死，林太太彌留之時打開著CD播放器放映片子，刺激鬆獅犬攻擊林國明，大結局是林國明殺死林太太，林國明應付鬆獅犬時，意外被倒下的五斗櫃砸死，夫婦攜手同時共赴黃泉，沒有人發現第三者才是真正的兇手。」

「但是仍未找到兇手第三者。」

「不，天網恢恢，疏而不漏。薇薇安當日到來，看見兇手離去，兇手是她認識的人，就是那個不知名的女子。」

「我們用三維軟件證明該女子的身高是一七二厘米，但是你的疑犯只有約一六五厘米，相差七厘米，怎麼想也不會是同一個人呢？」白揚強調地說。

「你記不記得那個不知名的女子腳穿長筒靴子，步姿不太自然？」

「是的，那是半跟鞋，她走得比較慢，有點左搖右擺。」

「詭計就在長筒靴子裡面，這是一種時裝設計令人看上去高一些，又不會給人發現。靴子外面只是半跟鞋，但是裡面鞋跟的位置墊高了七厘米，外形仍是長筒靴子，但實際上是穿上了近十厘米的高跟鞋，故此無名女子的步姿不太穩妥，要小心翼翼慢走，這樣就就解釋了兇手身高之謎。還有，當我偵訊薇薇安時，她為了兇手圓謊，竟然說自己也愛上了林國明，故此當天才會走到第八號屋，在狗狗美容比賽，她明明看見林國明卻不認識他，她是同志卻硬說自己雙性戀，她說有煞車聲，但是兇手卻沒有回頭觀看的反應，我想薇薇安以前是一個說謊高手，但這一次並不是呢。」

「那麼誰是兇手？」

「兇手就在這裡，是你，芊柔，陳芊柔，你就是那個無名女子。」

「什麼？兇手就是這位嬌美的姑娘？」白揚驚訝得張大嘴巴。

「她乎合了所有第三者的條件，她是林國明的女朋友，能夠隨便出入李綺玲家裡，那些不知名的指紋就是她的；她有專業的狗狗知識，能夠訓練狼狗咬死李綺玲；她懂得烘焙方法，製造摻雜木糖醇的餅乾毒死狼狗；她就是博客伯卿，協助林太太訓練鬆獅犬攻擊林國明；她能夠待在林國明身旁，不被他懷疑，也不被鬆獅犬攻擊，她伺機殺死林氏夫婦報仇。」

「為什麼芊柔就是博客伯卿？」

「除了她化身做追隨者一而三，三而一的證據外，另一個證據是黃晞雯死前遺言透露了她為情自殺，對『三哥』悲痛懺情，辜負了她的深情，當中那個『三哥』就是陳芊柔，她們姊妹三劍俠中陳芊柔是老么，排行第三，冠以姓氏就是陳三，黃晞雯的網名叫做五娘，她姓黃，即黃五娘，是《荔鏡記》的男女主角陳三五娘，台灣著名的歌仔戲，陳三字伯卿，也是博客的名字，陳三即陳芊柔，也就是黃晞雯的遺書所提到的三哥。陳三五娘是情侶，歷盡艱辛才能結合，後來為歹人奸計拆散，不得善終，就像陳芊柔和黃晞雯苦難的愛情。」

「三劍客原來都是蕾絲邊。」

「小雯沒有辜負我，她只是渴望嘗試各式各樣的愛情，我就成全她，待她嘗過後才能感受到祇有我對她真心真意，我的情意綿綿，可是，她卻碰上一個玩弄感情的大壞蛋，和一個打擊純情少女心的惡毒幫兇打手，他們全面摧毀了她對別人的信任，破壞了她對愛情的完美追求，她的心被掏空了，感到生無可戀，才會走上自殺的絕路，為什麼她不肯聽我說人生是充滿缺憾，只要我愛她、寵她就能夠填補缺憾，為什麼她不想想我沒有她，也活不下去？為什麼……？為什麼……？我是這樣專心專意愛她，我的愛情是神聖的，不是贗品，還是救不了她，我永遠失去她，為什麼我的愛是痛苦不是甜蜜？為了她，我發誓要殺死他們二隻惡魔的禽獸，為我們的愛情奉上血的祭禮。」

芊柔蹲在地上，抱著膝，泣不成聲，步如嫣蹲下來想摟抱她，芊柔用力推開她，兇狠地看她一眼，旋即跑下樓。

步如嫣意興闌珊，凝望缺月神傷輕嘆。

第二天芊柔的同事上班，發現芊柔在睡房中了煤氣毒死去，臉蛋是櫻桃顏色。

變異的維納斯

# 《鳥哀啼》

# 傾慕者

## 1.

「哇。」樞瀚突然大叫一聲。

他從腦袋枕著左手，睡在桌子的姿勢彈坐起來，神態猶自朦朧呆板，不停用手背搓揉雙眼，好奇討厭的目光從四方八面攻擊他們，大同立即用力搖醒他，手忙腳亂幫他把書本、文具、手機等雜物塞進書包裡，拉著他逃命似的奔向出口，一名貌似管理員的中年女子追著他們高聲吆喝：

「學校圖書館是用來看書溫習，不是用來睡覺，你們叫什麼名字，那一班的？還有，不要在圖書館大聲喧譁，騷擾別人。」

「殊……。」各人嘟囔著嘴唇示意安靜，女子在眾目睽睽下立即噤聲，躡手躡腳返回座位。

二人跑出校園，走到外面的鬧市，街上熙來攘往，行人摩肩擦踵，大同看了一眼胖嘟嘟手腕上的迪士尼動漫手錶，饞嘴說：

「已經到了下午茶時段，我們去吃東西吧。」

樞瀚緩緩點頭，二人走進一間茶餐廳，裡面鬧哄哄，餐桌都坐滿了互不認識的食客，刀叉餐具擺滿枱面，各人逕自享用餐點，有人起身拿著手寫的賬單到門口的櫃檯結賬，大同眼明腳快走到那一張二人對座的餐桌坐下。

「真是小確幸呢，找到單獨的座位。嗨，要吃些什麼？」大同埋首餐單問。

「還不是那幾樣東西，隨便點餐吧，我要脫脂牛奶。」

「瞧你長得高大又蠻帥，功課又棒，為什麼口味還像小孩子？」

「姊姊從小對我說喝牛奶對身體有益，快高長大。」樞瀚不以為然回答。

「你姊姊好像你媽媽啊。」

大同揚手召喚侍者，點了西多士、蛋塔、奶茶和脫脂牛奶，侍者在賬單紙上寫了一個數字放在枱面。大同拿起叉子左右晃動指向樞瀚笑說：

「快點從實招來，你是否又做了同一個夢？因為看得太多日本AV片子？日有所思，夜有所夢，像杜甫左右拾遺，不，是左右夢遺才對？」

樞瀚皺起眉頭，有點後悔告訴大同那一個夢，羞死啊，他發誓以後不會對人說起它，斷然說：

「我不好那一味。」

「也沒什麼啦，我老爸說孔夫子也講過：『食、色，性也。』，他說我今年升上高中，要學做大人。」

「孔子沒說過那句話，是告子說的。」

「告子是誰？」

「是夫子的學生吧。」樞瀚也不太肯定。

「管他那一個說啊，總之那是人的天性，你也不要耿耿於懷呢。」

大同揶揄他，正想大發謬論，食物已經送上，大同連忙將法式蛋漿煎麵包抹上厚厚的牛油，看著它在熱烘烘的麵包上面融化，淋上大量蜜糖醬後塗勻，再用刀叉將它分屍，扠起幾塊塞進口裡，面頰鼓脹得像隻進食的松鼠，還要咕噥地說：

「這麵包鬆、脆、厚，份量十足，奶茶濃、香、滑，色味俱全，是下午茶的最佳配搭。等會你去那裡？要不要去看最新的電玩遊戲？」

「不了，我想早點回家。」樞瀚有點心不在焉。

「好吧。明天你要不要到學校的獸醫clinic看醫生？告訴他們你的少年維特煩惱。」

樞瀚瞪他一眼，抿著嘴不出聲，大同識趣地低頭專心吃東西，之後他們結過賬，平分了餐費，在門口分首，走不到幾步，樞瀚跑回頭叫著大同，大同轉身有點愕然，樞瀚從書包裡取出東西說：

「這是你要的筆記，加油啊。對不起。」

「沒關係，我知道你心情不好。」

「謝謝你。」樞瀚捏了一下大同的臉頰。

「講這些，兄弟是不計較的。」大同說完掉頭就走。

樞瀚看著他走遠，從書包裡拿出手機撥滑電話，手機響了很久也沒有人接聽，他有點奇怪，這時候姊姊應該在爸爸的中醫館幫忙顧店，難道她忙得不可開交，沒空接電話？還是到街市買菜預備晚餐？樞瀚搖了一下頭決定回家。

## 2.

樞瀚搭乘地下鐵回家，走出車站後經過剛開市的街市，二旁的小攤子已經聚集了不少顧客，人聲嘈雜，他掃瞄街市找尋姊姊的蹤影但沒結果，他避開人群沿著行人路走，去到街口轉左進入一條小街，一會兒來到一間叫『百草堂』的中藥店鋪，他走入裡面張望，店面由一個長形的玻璃櫃檯分成二半，裡面放滿常見的藥材，後面是一列從腳到頂的木製百子櫃，延伸到裡面去，另一半是通道前往醫生診症的二張桌子，前面排列了幾張圓凳，他對著一名在櫃檯後面、背著他處理乾枯草藥的老者問：

「王伯，為什麼不見爸爸和姊姊？」

「還沒有到下午診症時間，鍾先生仍在家裡吧？你姊姊上午醫館打烊後就不見蹤影，也沒有交帶到那裡去。」王伯繼續幹活，沒有扭頭回答他。

「謝謝你。」

王伯也不搭理他，樞瀚聳聳肩逕自回家，他走過幾條街道來到一幢沒有帶電梯的樓房，他的家在三樓，他習慣一口氣跑上去，抵達家門時在鐵閘門插入鑰匙，轉動後用力趟開鐵閘門，滑輪發出刺耳的聲響，他再扭著鑰匙推開木門，剛好瞥見一個光脫脫的背影，急速地閃入最後面的房間，是爸爸的房間啊，那一個房間比較寬敞，還有一扇窗子對著後街。以前是樞瀚和姊姊的睡房，裡頭放了一張層架木床，他睡上層，姊姊睡下層，當姊姊成年後考進了xx中醫學院，便將大房子讓給爸爸，自己住小房子，又在飯廳用木板間隔了一個再小一點的簡陋空間給樞瀚，以後各自有房間，三個房間並排而立，中間是走廊，對面是客飯廳、廁所連浴室、廚房。

樞瀚也顧不得關上大門，連忙跑到浴室前面，浴室門是關上的，他發現地上殘留著濕淋淋的腳印，從浴室門口一路延伸至爸爸的房間，樞瀚心裡打了一個突，他輕輕扭著浴室的門把，發覺在裡面鎖上了，將耳朵貼在門上聽，聽到低泣聲，心裡正在猶豫，盤算要不要敲門，浴室裡面是否爸爸的女朋友？他倆是半年前邂逅，沒多久便打得火熱，最近才介紹給樞瀚認識，他想了一會，迅速地打開姊姊的房間，確認沒有別人，終於決定大力砰打浴室廁所木門，粗魯地說：

「你搞定沒有？人家很急啊。」

「快了，快了，你再等一會吧，用不著暴力拍門喔。」

樞瀚聽了像遇上晴天霹靂，那是姊姊的聲音，他叫自己必須冷靜，極度冷靜，他用手機拍攝了地上濕淋淋的腳印，再回到自己的房間，放下東西，踱了幾步，努力集中精神思考，旋即走出房間等候，不久浴室打開一道縫，跟著又關上，他發覺地上已經被人抹拭，濕淋淋的腳印被擦掉，只賸下幾處水跡，姊姊仍在浴室啊，那麼誰人抹走了腳印？過了好一會，浴室門打開，他姊姊走出來，從容地說：

「輪到你呢。」

接著她返回房間，姊姊洗了頭，換過乾淨的衣服，仍舊像平時一樣溫柔，神情沒有異樣，樞瀚謝過後快步走到浴室。

他關上門，發覺洗衣機在轉動，他打開看，爸爸和姊姊的衣服混在一起清洗，平常姊姊都是將她的衣服跟我和爸爸的分開洗滌，他瞥見裡面有一條男裝內褲，他皺眉撇嘴納悶，把蓮蓬開到最大，讓冷水不停淋打令腦袋清醒，他考慮各種可能，也不知道想過了多久才停止，他抹乾身體走到外面，發覺男人和姊姊已經離開了，他檢視手機，收到了許多簡訊，有同學傳過來的爛笑話、無聊話或者問功課，大同附上新型號的電玩圖片，姊姊問爸爸和樞瀚今晚要吃什麼菜，醫館有小廚房可以煮飯，一家人都是在醫館打烊後吃晚餐，其中爸爸的簡訊回答：

『我在x區，這裡有一間遠近馳名的燒鵝店，我會買半隻回來加菜。』

樞瀚鬆了一口氣，不應該懷疑最愛的家人嘛，x區離開這裡大約半個小時地下鐵車程，要是爸爸在x區，那麼光脫脫的男人就不是爸爸，那是否姊姊的男朋友？剛才姊姊與他鴛鴦戲水，聽到鐵閘開門聲，姊姊的男朋友匆匆跑出來，慌不擇路，意外地走進了爸爸的房間，濕淋淋的腳印也是他抹掉的，但是姊姊最近的舉止、行為跡象又不似在約會呢？況且他倆都是成年人，二人共浴也不是什麼大不了、不規矩的事情，只是有點豪放，可是姊姊為何哭泣？又為什麼要抹走腳印？

樞瀚決定到爸爸的房間搜索，希望找到半點蛛絲馬跡，他打開爸爸的房間，中草藥的氣味像幽靈飄盪，對面貼牆放了一張雙人床，旁邊是挑高長方形的衣櫃，床頭對著窗子，左邊是一張長形的書桌，靠門口放了一列到頂的塑膠迷你百子櫃，盡頭放了一台古早的電腦。樞瀚從衣櫃、抽屜到床鋪也找不到什麼，他再搜索百子櫃，全都是中草藥呢，他雙手扠腰盯著百子櫃，目光放在『甘草』那一個小櫃子，小時候爸爸會對他講解一些中草藥的特性和用途，當然他跟姊姊溝通得最多，爸爸說過甘草是一種百搭中草藥，許多藥方都可以加入它，令湯藥甘甜沒那麼苦澀，但不會影響那一劑藥的整體藥性，故此他會經常使用，想到這裡，樞瀚毫無懸念打開『甘草』小櫃子，赫然發現裡面有一張摺紙，打開一看，上面是姊姊娟秀的字跡：

『爸，我恨你。』

紙張是簇新的，姊姊也知道爸爸會經常打開『甘草』小櫃子，爸爸很快就會看到這張紙條，故此推論這張紙條是最近才放進去的，他用手機將紙條拍攝，摺好再放回入去，那麼剛才那個男人是誰？是姊姊的男朋友？還是爸爸？還有，為什麼姊姊會恨爸爸？恨些什麼？樞瀚想到這裡頭皮發麻，背脊打了一個寒顫。

現在他不想面對爸爸和姊姊，也不敢想像會做出什麼事情，他連忙點按手機傳簡訊給他們：

『明天考試要用功溫習，今晚不到醫館吃晚飯。』

不久收到爸爸的回覆：

『我留燒鵝腿給你做宵夜，加油啊。』

樞瀚來回看了幾次簡訊，最後將它清除掉，鎖上房門，蹙著眉沉思。

3.

第二天樞瀚特別早起盥洗回學校，他想避開爸爸和姊姊，他打冰箱發現了燒鵝腿，想了一下將它放入膠盒子帶走，快動作穿衣著鞋上學，在學校操場他找到大同，將燒鵝腿送給他吃了，大同見他表情沉鬱，滿臉陰霾，也不敢追問他發生什麼事情，上課時他心緒不寧，腦裡充斥著爸爸和姊姊交替的樣子，好不容易才熬到下課，他蹺了下午的課堂匆匆離去，這時候『百草堂』只有王伯一人。

王伯突然看見他很意外，滿臉疑問，他也理不得那麼多劈頭就問：

「王伯，爸爸和姊姊在那裡？」

王伯露出為何多此一問的表情。

「鍾先生像平時回家休息，你姊姊說去買東西。」

「他們是一起走嗎？」

「不，鍾先生先走，過了十五分鐘你姊姊才出門。」

「爸爸和姊姊昨天下午什麼時候回到醫館？」樞瀚神情極其認真地問。

王伯揚了眉，狐疑地看他一眼，瞬間回復一貫神態回答：

「你姊姊四點左右準時回到醫館，鍾先生大約遲了半個多小時才返回，他的簡訊說他在x區辦些事情，要晚一點回來，叫我告訴來看病的人稍等一下，或者叫你姊姊代他看症問診，鍾先生回來時還帶了燒鵝晚飯加菜。有什麼事情嗎？你下午不是有課堂嗎？」

「也沒什麼呢，嗯……今天考試，早點放學，我走了。」王伯凝視他的背影咕嚕納悶。

樞瀚溜走到附近的公園，在兒童遊樂場坐在細小的鞦韆機械式地盪來盪去，昨天大約三點半收到爸爸的簡訊說他人在x區，醫館是四點鐘診症，爸爸遲到了半個多小時，要是爸爸三點半從家裡出發去x區買燒鵝，再回到醫館，來回的時間是一個多小時，正好符合王伯的說詞，那麼昨天的男人就是爸爸？他想到這裡心裡起疙瘩，正想仰天長嘯發洩心裡的鬱悶，抬頭發覺幾對亮晶晶的眼睛看著他，其中一個小男孩大膽小聲說：

「哥哥，輪到我們邋鞦韆沒有？」

樞瀚沒趣地跑開才感覺餓扁了，走到小食亭買食物充飢，再到涼亭食不知味地狼吞虎嚥，接著坐在長椅子游手好閒地等候。

他不停地看手錶，但時間彷彿停頓，他索性戴上長沿帽子，蓋著臉打盹，不知多久，突然驚醒，看一下手錶，立刻扶正帽子、戴上黑超和口罩起身邁步，他走回『百草堂』對面監視，不一會，爸爸沿著馬路從左邊走進醫館，王伯叫住他，二人就在櫃檯面對面聊天，王伯神情有點疑惑不解，爸爸皺著雙眉聆聽，二人聊了好一會，爸爸面無表情返回坐位預備診症，樞瀚將二人傾偈的過程用手機拍下片子，過了半晌，姊姊挽著大包小包從右邊進入醫館，樞瀚立刻奔跑回家。

樞瀚回到家裡就跑進爸爸的房間，打開那個甘草的百子櫃，發覺那張『爸，我恨你。』的紙條不見了，他開著那一台古早的電腦，電腦沒有設立密碼，樞瀚很容易進入，他瀏覽硬盤的檔案，打開所有懷疑的檔案，但是毫無結果，當他要放棄的時候，發現了一個叫『甜蜜的回憶』檔案，他將它打開，看了一會，令他震驚，他失控地用雙手連環地搥打枱面，文具紙張被震動得散落地上，他咬牙切齒，熱淚盈眶，嚎啕大哭，悲痛過後，他從書包找出記憶棒將『甜蜜的回憶』檔案儲存，還多儲存一個備份檔案，紅著眼將一切回復原狀，不要讓那隻禽獸懷疑，姊姊，你太可憐了。

他回到自己的房間，淚流滿臉迅速地把衣物塞進背包裡，突然怒不可遏，大發脾氣，大叫大鬧，將背包用力擲向牆壁，又亂砸家具雜物，整個房間被他破壞得亂七八糟，接著他才怒氣沖沖揹著背包匆匆離去。

樞瀚在街上漫無目的地遊蕩，不知不覺來到離島輪船碼頭，忽然聽到廣播前往A島的輪船快要開航，他急忙奔跑進去，剛好趕上輪船，他寂寥地站在船尾露天甲板，凝望白浪翻滾的滔滔海水，腦內一片凌亂，為什會這樣？我們的家是有缺損，但看起來還是幸福的，姊姊是支撐整個家的中流砥柱，但是殘酷的事實是幸福建築在姊姊極端的犧牲，爸爸玷辱了聖潔的天使，下一步應該怎麼辦？他想到這裡不禁悲從中來，汩汩淚下。

經過一小時航程抵達了A島，這是一個寧靜的社區，沒有機動汽車，居民用單車代步，來往散落在小島各處的住宅，他在超市買了草蓆、食物和啤酒，懶洋洋地走向離市集不遠的沙灘，時序初秋，黃昏日落，沙灘只有幾名蹓狗的居民，他的手機簡訊不絕，最多是姊姊問他在那裡，他回答去了露營便關掉手機，黑夜降臨，他躺臥在沙灘，望著星羅棋布的夜空，餓了吃東西，渴了飲啤酒，醉了耳邊聽到嗚咽聲、狗聲、浪聲、風聲、樹搖聲，突然，他清楚聽到姊姊的哀求聲、哭啼聲，他倏忽驚醒，已經是天泛微白，晨光漸露，是，是這樣了，要保護姊姊，姊姊絕對不能再受到污汙和傷害，他下定決心，收拾物件，走向碼頭。

樞瀚回到市區，堅定不移走向警署。

## 4.

步如嫣與媽媽楊慧晴移民到U市已經半年了，加入U市警隊也有三個多月，東成移民決定是反送中運動，831事件地下鐵站內乘客被襲擊，公安封鎖地下鐵站達三小時，不准許醫護人員入內救援，地下鐵當局異常堅決地拒絕交出當晚事發時的監察電視片段，之後幾個月內進行大抓捕，同時也發生了三百多宗跳樓、跳海的自殺死亡事件，死者男女老少皆有，公安局聲稱全部死者的死因都沒有可疑，沒有立案調查，中外各家傳媒對事情都作了廣泛報導。

今早如嫣回來時就收到指令處理一單風化案，報案者是一名少年，她和白揚走進偵訊室，看見少年低著頭不停用手背擦眼淚，他長著一頭凌亂黑漆漆、生氣蓬勃的頭髮，如嫣掏出手帕遞給他。

「謝謝。」少年接過手帕，看了一眼她頸項掛著的工作證。

「你叫什麼名字？今年多大？在那裡念書？」

「我叫鍾樞瀚，今年十六歲，在ｘｘ中學念高中一。」

少年抬起頭回答，縱然是哭喪著臉，仍無損他十分端正的臉蛋。

「你要報案？是什麼案件？」

「那隻禽獸強姦了姊姊。」少年咬牙切齒的說，白揚挑一挑眉毛。

「你說清楚，禽獸是誰？」如嫣堅定地問。

「爸爸強姦了姊姊。」樞瀚大聲咆哮，如嫣暗地裡對上司吐糟，什麼風化案？竟然是亂倫案。

「小朋友，不要誣告啊，報案要講證據。」白揚確切地指出要點。

少年連忙在背包翻找了一會，掏出一隻記憶棒肯地的說：

「證據的片子就在檔案裡面，檔案叫『甜蜜的回憶』，還有其他證據在我的手機裡。」

白揚接過記憶棒，插進手提電腦，打開那一個檔案。

『畫面首先拍攝室內的情況，是三個小、中、大房間先後排列，突然中間的房門被打開，房間裡一名長得清秀，楚楚動人的少女，穿著性感誘人的睡衣愕然問：『有什麼事情？』接著關門上鎖，攝影機放在桌子上，少女露出警戒之色，一名頭髮微鬈的男子背影走進鏡頭，搭著少女的肩膀笑淫淫說：『我好想你啊。』接著低頭吻她的後頸，少女避開說：『不要這樣。』男子進一步摟抱她，少女奮力掙扎，男子厲聲說：『你若不順從我，我就立即離開這個家，讓你們無所依靠，你和你最心愛的弟弟流落街頭，沒有前途，潦倒一世。』少女茫然若失，不知所措，男子突然強行撕開她的睡衣，少女呼叫，護著胸部……。』

如嫣瞥見樞瀚痛哭失聲，打眼色給白揚關掉揚聲器，靜音播放餘下的片段。

『男子用力將少女推倒在床上，粗暴地扒開她的衣裳壓在她上面，少女不停地扭動身體反抗，男子表現卻更加興奮，少女面容扭曲痛苦，哭啼哀求放過她，嚶嚶而泣，忽然男子抽身而出，在外面抽搐，男子轉身滿足地面對鏡頭咧嘴而笑，是一名長得秀氣的中年男子。』

檔案一共有六段二人性交的片子，其中三條是角色扮演變裝秀，當中有護士與病人、獵人與獵物和客人與侍者，內容不堪入目，拍攝的場景包括公寓內各處如廚房、浴室，除了小房間。

「片子中的男女是誰？」如嫣狠下心要樞瀚確認。

「男的是那隻禽獸，女的姊姊，是那隻禽獸強姦了姊姊。」樞瀚怒容滿臉說。

「不要這樣叫他，要不然你也在侮辱自己。」白揚提醒他。

「他們叫什麼名字？多大年紀？做什麼職業？」

「爸爸叫鍾學儒，五十八歲，姊姊叫鍾素紋，二十八歲，二人都是中醫師。」

「果然是學醫的，名字也改得與別不同。室內的背景是那裡？」

「私德有虧呢，虧你讚得出口。」白揚不忘酸了如嫣一句。

「是我家裡。」

「你說你還有其他證據，那是什麼東西？」

樞瀚鉅細靡遺地描述這二天的情況，白揚輸入電腦紀錄，樞瀚將手機裡的濕淋淋的腳印、姊姊的字條、爸爸和王伯聊天的片子也傳送給如嫣。

「你暫時不要聯絡你爸爸和姊姊，以免打草驚蛇，妨礙警方的行動。」

「但是姊姊已經傳了我許多簡訊，我還沒有回覆。」樞瀚滑動手機說。

「可否給我看？」

如嫣滑著樞瀚的手機，簡訊由昨天下午五點多到今天早上傳送，當中都是擔心樞瀚在那裡，是否安然無恙，只有最後一條寫著：

『昨天下午爸爸很暴躁，坐立不安，沒有診症便走了，我回家看見電腦開著了，播放那一個檔案，你知道了？我的心情很矛盾，我想見你，又不想見你，我感到很羞恥，沒有顏臉見你，我不想待在家裡，這裡的回憶令我太痛苦，禁不住要流淚，我須要獨處冷靜一下，我會搬到飯店暫住。但是，你是否平安無事？給我簡訊，不要做傻事，乖乖，做個好孩子，姊姊會表揚你。』

「其實她不須要感到羞恥，她是全心全意為了我的……我的前途，才被迫……被迫……。」

樞瀚憂鬱的說。

「樞瀚先回覆姊姊報平安。我推測你爸爸已經知道東窗事發，他也許選擇逃亡，我們會到你家裡拘捕他，同時發出通緝令追捕他，及要求封鎖海關出入境口岸，以免他逃到別國。可是，有一個問題。」如嫣停下來看著樞瀚。

「什麼問題？」

「樞瀚未成年，依據本地法例，必須要有成年人同住監護，但是你姊姊已經搬離家裡，你沒有成年人一起生活是違法的。你媽媽現今在那裡？能否聯絡上她？讓她照顧你。」

「不！不！我絕對不想再見到那個不要臉的女人，永遠也不想見到她。」樞瀚漲紅了臉，怒氣沖沖，固執如牛地說。

「是這樣呀，你有沒有其他親戚呢？」樞瀚緩緩地搖頭。

「那麼我們找一戶寄養家庭安置你，這樣好嗎？」如嫣軟聲說。

「明白，知道了。」

「你在這裡耐心等候，我們出去安排，很快就有消息。」

如嫣示意白揚一同離去，他們來到另一個房間。

「第一眼看到那個漂亮的男孩哭哭啼啼，還以為他是主角，被男人猥褻。」白揚將文件隨手掉在桌面說。

如嫣沒有答腔，忙著滑手機給她媽媽楊慧晴，楊很幸運能夠做回社工老本行，如嫣告訴她樞瀚的情況，要求她幫助尋找寄養家庭，掛了線等候才回答：

「真是社會倫理大悲劇，還以為這些情節只有在古老的電影才編寫杜撰得出，今天竟然給我們碰上，叫人心痛。」

「可憐啊，樞瀚的情形比父母離異還要悽慘，他爸爸的行為極之可恥和卑劣。」

「還沒有偵訊其他人，未知是否有內情？」

「步警官總是愛唱反調。」

如嫣評論後收到楊的簡訊說安排好一切，她吩咐白揚：

「樞瀚的事情已經搞成了，我送他到寄養家庭，你跟鑑識科人員到鍾家採證。」

白揚領命離去，如嫣駕車送樞瀚到寄養家庭。

「社工已經準備好文件在寄養家庭等候，簽妥後你就可以正式入住。他們是一對剛退休的夫婦，二名兒女長大離家獨立生活，環境很簡單，你只要做好你的本份，專心念書，事情有大人承擔。」如嫣平穩地握著方向盤說。

「謝謝你，步警官。」

「不用謝，這是我的工作。嗯，你跟姊姊的感情很好？」

「自從那個不要臉的女人離家出走，姊姊就照顧我，她像媽媽。」

「當時你多大？」

「六歲。」

「你姊姊怎樣照顧你？」

「姊姊從小就替我穿衣上學，照顧我的起居飲食，陪我玩，我病了她親自煎藥給我喝，自我懂事以來，我從沒有過記憶那個女人會做這種事情，從幼稚園開始我和姊姊會手牽手一起唱歌走路上學，直到五年級我怕同學取笑，才不讓姊姊牽著我的手上學，但是我最喜歡握著姊姊的手，她的手纖細柔軟又溫暖，我最愛看姊姊蹲下來對我說話的樣子，我們臉對臉說話，姊姊很美麗，明亮的眼睛，小巧的鼻子、淺粉紅色的嘴唇，整張臉透露著聖潔的光芒，當她捉弄我的時候就會皺鼻子，雙眼彎得像月亮，嘴角滿是笑意，我就說：『姊姊，我今天很聽話，是個乖孩子，你應該表揚我。』姊姊會笑呵呵忘情地摟抱我，吻我的面龐，我覺得好幸福，就算姊姊上了中醫學院她每天先送我到學校才上課，之後爸爸會接我放學，但他總是沉默寡言，獨自想東西，好像有很多事情煩惱，他不會牽著我的手走路，也不會問我在學校發生什麼事情，我只能孤零零跟在他後頭，只有姊姊在場，我們的家才有笑聲，姊姊是天使。可是，姊姊很愛流淚。」

「為什麼呢？」

「姊姊剛升上中醫學院二年級，有一天我們一起上學去，樓下有一個大哥哥在等候，姊姊看見他，雙眼發亮，活潑起來，她告訴我男子是她的學長，我們並排而行，姊姊還是牽著我的手，但她只是忙著跟他說話不理我，我心裡很不高興，十分妒忌，他搶走我心愛的姊姊，姊姊見冷落了我便逗我說話，我鼓著腮幫子不肯答話，他們送我回學校後，二人牽著手親暱地離去，我的心情很糟糕，又不知道怎麼辦，每天悶悶不樂。」樞瀚停下來凝思。

「後來怎樣？」

「這樣過了一個星期，爸爸發現了我像個悶葫蘆整天在惱人，問我發生什麼事情？當時爸爸也有女朋友，我在想我寧願爸爸被人搶走，也絕對不想姊姊被人搶走，便直白告訴爸爸姊姊跟男人交往，他聽了鐵青著臉，不發一言，那樣子十分恐怖，後來他教訓了姊姊一頓，之後姊姊經常以淚洗臉，不再笑逐顏開。有一天我在學校等爸爸接我，可是等了很久也不見他便自己回家，快到樓下時，看見爸爸怒氣衝天走下樓，我連忙躲進文具店鋪裡，回到家裡看見姊姊頭髮有點凌亂，衣服有些大和鬆垮，坐在客廳裡啜泣，雙眼漲紅，分明哭了很久，我想爸爸又痛斥了姊姊，我想安慰她，又想不到什麼說話好說，只能站著囁嚅，姊姊擁抱我若斷若續說：『我很痛……痛苦……爸爸說……說要離開我們。』我覺得天旋地轉，十分無助，之後姊姊的學長沒有再找她了，一定是爸爸硬生生拆散他們啊，我真的後悔告密，我最愛最珍惜姊姊，就算她被學長搶走又怎樣，只要他倆一起開心快活幸福地過日子，我犧牲一點又有什麼所謂呢？又不是永遠見不到姊姊，後來生活漸漸好像回復了正軌，但是已生暗湧。」

「什麼暗湧？那麼你姊姊怎樣？」

「時間是最好的藥物，我想姊姊已經淡忘她的學長了，而且她儘量避開跟爸爸獨處，但是她依舊關心我，我升上四年級時仍然害怕打雷，一天半夜風雨來襲，雷電交加，厲害得好像連層架床也被雷聲震得搖晃，我被轟雷聲嚇醒，驚慌大叫，急忙爬下床，姊姊已經在下面接著我，她抱著我輕聲細語說：『不怕，不怕，有姊姊在，我們去吃點東西定驚。』我們剛走出房門口，爸爸就在後面大罵說：『都什麼年紀？還怕打雷。』跟著緊緊擁抱著我們，恰巧天空亮起閃電，我抬頭看，看見爸爸像隻人狼聞著姊姊的頭髮，強吻她的後頸，但姊姊夾在中間被他抱緊，無處掙扎，她露出厭惡的表情，接著打了一響雷，我哇哇叫了一聲，拉著姊姊就走，我拯救了姊姊。後來爸爸藉口說要訓練我的膽子，在客廳間隔了一個小房間給我，以後我們每人單獨住一個房間，接著爸爸處心積慮一步一步脅迫姊姊就範，姊姊為了我的將來，忍辱負重順從了他。」樞瀚自責地說。

「你爸爸城府很深啊。」

「他們夫婦二人半斤八兩，有得拚。」

如嫣只看他一眼，沒有作聲，樞瀚繼續娓娓道來：

「那個女人就是日本人所形容的毒親，她曾經對我說：『你很煩耶，很變態；小孩子為什麼這樣多話；人家的孩子如何好，你要向人學。』那些說話很傷孩子啊，而且她總是冷冰冰說出來，從來沒有同理心站在小孩子角度去思考，之後我有事沒事不會找她，只會找姊姊，她發起脾氣很恐怖嚇人，手腳並用隨意亂砸亂踢東西，尖著嗓子破口大罵，爸爸經常用身體圍護著我，蹲在餐桌下躲避，爸爸懊惱時頂多是獨自生氣，從來不會動手動腳，不像她似隻瘋狗，亂吠亂咬，最深刻的一次也是最後一次，她在廚房做菜時突然抓狂大吵大鬧，鍋裡正燒著熱油，她隨手摔盤子，砸碗筷，跑出飯廳掀翻桌子，深深不忿對著我們怒罵：『你們個個像大爺大小姐回到家裡，就茶來張手，飯來張口，等我像下人服侍，我這前半生就給你們三個無賴坑了，你們非要扯我後腿將我拖垮為止，誓要把我困頓在這個破落的狗窩，永遠沒有出頭的日子。』過二天，她一聲不響夾帶私逃。以後我沒有聯絡過她，聽說她在時裝雜誌社做記者。」

「可以找到她嗎？」

「她留了電話號碼給爸爸。」

車子駛進了一個公寓住宅，如嫣停泊好車子，帶領樞瀚到寄養家庭，辦妥手續離去。之後她去了樞瀚家裡，鑑識人員在工作，她看了一會，發覺小房間很小，放了一張特高的層架床，上層是睡床，下面清空放了書桌和雜物，不過房間被人搗亂，中間的房間也不大，只放得下一張單人床、小型衣櫃和迷你梳妝台，上面卻擺著一幅放大三人全家福的照片，房間收拾得整齊，祇有大房間有窗子，抽屜打開，裡面的東西被翻亂，她查看了那台古早的電腦，發覺『甜蜜的回憶』那個檔案最後開啟時間是昨天下午五點四十二分，她叫白揚將電腦抬回去檢查及做證據。

# 懺情者

1.

晨光初現，鍾素紋交叉雙手抱胸，神情漠然，看著鍾學儒忙亂地把衣物塞進行李箱，她冷冷地說：

「早知今日，何必當初？」

「是，錯在我迷戀你，但你也有錯。」

「我錯了什麼？錯在我長得似那個惡毒的女人？還是錯在我是你的女兒？」

「話不是這樣說。」

「哪怎樣說？你已經結識了女朋友，又何苦不放手，繼續糾纏著我？叫我心碎。」

「哪是世上所有男人也會犯的錯。」

「不要無賴地推卸責任啦，要不是你死心不息，樞瀚又怎會發現你的醜行，他由昨天下午到現在還沒有回覆我，他一定很傷心透了，爸爸背叛了他污辱了姊姊，我是為了樞瀚，才會啞忍你。」

「要是你能勸解樞瀚就好了，但是以防萬一樞瀚會報警揭發我，我還是跑路到別處暫避風頭。」

鍾素紋看了他一眼，低下頭。

「紋紋，給我抱一下，這可能是最後的一次啦。」

「無聊，你快點走吧，要不然走不掉。」

鍾學儒訕訕然，但還是捉住鍾素紋的手握著，她出力掙脫了他，別過臉，他走到門口回頭看她一眼，無言走了。他下樓後攔了一台計程車，吩咐司機駛往陸路出入境海關，他不搭乘地下鐵，要避開監察電視，到達海關，出境大堂擠滿人群，通道排著人龍，鍾學儒選擇了電子通道，不用面對海關人員，經過掃瞄手指模和拍照人臉識別後，他順利通過閘門，正想急步前往x國入境海關，二名穿著海關制服的男子攔截他，其中一人禮貌地問：

「閣下是否鍾學儒？」

## 2.

鍾學儒被移送交給警方，步如嫣與白揚走進偵訊室查問口供，一名中年男子穿著皺巴巴的襯衣和西褲安靜地坐著，失神地望著對面灰色的牆壁，他聽到聲音轉過頭，神情落魄，戴著幼框金絲眼鏡，微鬈斑白的頭髮梳了安份的三七分頭，有點翹和油膩，滿臉鬍碴，樞瀚長得有幾分像他，但沒有他那一份儒雅，如嫣自我介給及宣讀他的權利：

「現在有人報案指控你強姦了鍾素紋，你有權保持緘默及要求律師列席。」

「我不需要律師列席。」

「你有沒有強姦鍾素紋？」

「沒有。」

「你有沒有跟鍾素紋性交？」

「有。」

「你和鍾素紋第一次性交是怎樣發生的？」

「事情由十年前開始，我的前妻棄家出走，留下我獨力撫養二個孩子，自此素紋代母持家，她出落得美麗動人，性格溫柔體貼，到了別人會講閒話的年齡，她酷肖前妻，令我心生愛慕，暗中迷戀她，後來她入讀中醫學院，她說要學我懸壺濟世，跟我父女檔一起行醫，我當然拍手贊成，她升上二年級後，當年她十九歲，我從兒子口中得知她跟一名學長男生交往，我心裡非常嫉妒，素紋只是能屬於我的，我已經失去了妻子，絕對不能再失去我的女兒愛人，我一定要將她留待在我的身邊，我想到只要我占有了她的身體就能如願以償。」鍾學儒不停眨眼像思索如何繼續。

「那你想到什麼？」

「我不停地想怎樣才能令她自願獻身，我想到她心裡最愛最珍惜的東西，那就是樞瀚，只要我危害樞瀚任何地方，她就會乖乖順從我，有一天我趁樞瀚還未放學回來，我對她詰問，可是無論怎樣責難，她仍然對她的學長難捨難離，於是我就把心一橫說：『你若不順從我，我就立即離開這個家，讓你們無所依靠，你和你最心愛的弟弟流落街頭，沒有前途，潦倒一世。』她抬起頭望著我茫然若失，不明所以，我輕輕摟抱她撫摸，她的頭髮有點亂，美目含淚，雙唇顫抖，我抵擋不了誘惑，用力吻她的櫻唇，她十分震驚正想掙扎，忽然放棄反抗退縮下來，接著我用強占有了她，她發出幾下短促的悲鳴，完事後她啜泣涕淚。」鍾學儒壓低聲音，但音域高頻說出最後二句說話。

「之後怎樣？」

「我們經常走在一起，晚上當我想要的時候，就會偷偷摸摸走進她的房間找她，就算樞瀚仍在上層床睡覺，之後分開了三個房間就好多了，有一次樞瀚去了二天過夜的宿營，我們一直溫存到第二天早上，她安然地睡在我的臂彎裡，無憂無慮的神態十足她小時候，我用胳膊鎖牢她睡覺的樣子，她漂亮得如初春的晨霧，清新如四月雨後花梢的嫩蕊，我很滿足，卻刺痛了我的眼睛，也狠狠刺痛了我的心。」

「那六段片子又是什麼一回事？」

「那些片子是我們看了色情片子後，逼迫她模仿片子內容的角色扮演變裝秀，一切都是我的主意，完全不關她的事，她是被動的，只要我用樞瀚威脅她，她就會毫無怨言迎合我的要求，是的，我就經常用樞瀚威逼她就範。」鍾學儒不斷強調的說。

「為什麼你前妻與兒子的關係這樣惡劣？」

「不止是兒子，她和女兒也勢成水火。」

「你的前妻叫什麼名字？你們是怎樣認識的？」

「她叫阮華，是越南華僑，家裡世代是米商，也經營各種生意，家境富裕，用福特和雪鐵龍轎車代步，娘家好擺闊充場面，她從小耳濡目染慣花錢，南越被北越攻打，節節敗退，西貢，現在叫胡志明市，危在旦夕，美國實施「直升機撤僑計劃」，不多久西貢淪陷，共產黨指她家裡是資本家，家人被清算都死光了，這樣過了一年多，她幸運地跟著親戚踏上破船投奔怒海，當年她十歲，來到H市，希望以難民身份能移居外國，千辛萬苦抵達後，卻被送進專門關起越南人的禁閉難民營，成年難民被困在營內無所事事，小孩子能夠上學，她比較幸運懂得中文，念了幾年書，但未能完成中學課程，怎料住了十年也沒有移民機會。」

「那麼你是怎樣認識她？」

「剛巧我到難民營義務看診邂逅了她，幾次見面後我倆便熟絡，互有愛意，聊天時發覺我們背景相近，她透露在難民營情況惡劣，南北越二幫人是世仇，經常打鬥鬧事廝殺，總有人受重傷，政府只要沒有打死人，就睜一眼閉一眼由得他們自己解決，她被同胞輪姦，恐嚇她不要張揚，她有冤無路訴，觸動了傷心事痛哭流涕，我也感到痛心，毅然對她說跟她結婚，帶她離開難民營，我們結婚一年後女兒出世，前妻從小見慣奢華使喚下人，難民營裡也游手好閒，不用強迫勞動，她不知世道艱難，她討厭做家務，討厭帶孩子，討厭平淡乏味的家庭主婦生活，心裡時常懷著不忿不滿的怨氣情緒。」

「你們如何移民到這裡？」

「如是者到了2003年，發生了五十萬人示威大遊行，反對二十三條立法，董建華因病腳痛下台，共產黨也隨即反口否決了2007年及2008年立法會全體議員及特區行政長官全民雙普選，那是『基本法』明確訂明的，許多H市人們一廂情願以為共產黨會珍惜H市這個金庫，不會砸爛它，他們自以為是採用國際文明標準看事物，痴心妄想認定共產黨會履行國際承諾，但是共產黨必定要牢牢抓緊權力、槍桿子、筆桿子，其他一切是都芻狗，包括他們綑綁在一起的人們，祇要它感到些微挑戰，他們會毫不猶疑摧毀H市，他們就是不吃這一套，但是強迫別人接受它那一套的流氓土匪本質，世上就祇有中共邏輯，沒有其他邏輯，我便決定移民到U市這裡了，一年後，兒子出世。」

「你前妻為什麼離開你們？」

「她家裡遺傳了法國血裔，人長得漂亮，又有能力，她小時候家境富裕，過慣排場派頭的生活，她緬懷往昔華麗奢侈的日子，叫她屈就在我家是委曲了她，她要追求理想離開我們，為下半生打拚，也是理所當然的事情，我不能阻攔她，便成全她了，我祇要有女兒和兒子相伴就足夠。」鍾學儒侃侃而談，如嫣皺著鼻子撇了嘴。

「可是，你卻徹底破壞自己的家庭，傷害了二個孩子。」白揚突然插話，鍾學儒默然低頭。

「你說你們背景相近，你也來自越南嗎？」如嫣打岔地問。

「不，我來自聲稱強國的北方。我是大躍進後期出生的，童年時剛好碰上文化大革命如火如荼的歲月，鄧小平叫它做『十年浩劫』，現在修改歷史教科書定性為『十年艱辛探索』，隆重其事拉扯邏輯關係，拚命解釋那十年『文革』探索，成果就是以後的『改革開放』，因此，『文化大革命』其實有貢獻，不容完全否定。」

「當年你做什麼？」

「那時我念小學三年級，也跟著大哥哥大姊姊後面，當上了小小紅衛兵，我們不用上學，任意妄為砸寺廟神壇、毀祠堂文物，高呼批林批孔，熱情高漲整天在村裡列隊巡邏，到處檢查有沒有反動派對毛主席不尊敬，叫喊當時最紅火的口號：『革命無罪，做反有理』『無產階級萬歲』，唱紅歌頌讚：『戰無不勝的毛澤東思想萬歲，偉大、光榮、正確的中國共產黨萬歲，毛主席四個偉大，他是人民的大救星。』根本就是熱血沖昏了頭腦，連做夢也會唱紅歌叫口號，那是洗腦吧。」

「嗯，那些紅火的口號也能在維基百科查看得到。」

「後來發展到清算老師、父母、長輩，大家都樂此不疲打長輩老師們的小報告，半夜三更闖進反動派、黑五類的住家，叫醒他們批鬥，強迫他們站到天光認錯悔改，還將一大堆老師長輩綑綁，在他們腦袋戴上圓錐形的高帽子，上面寫上牛鬼蛇神、反動份子、階級敵人、黑五類等當街遊行，押送他們到打穀的空地開批鬥大會，任由他們被惡毒的大太陽曝曬，首先幾個先進積極份子帶領唱《東方紅》，高喊毛主席萬壽無彊，接著叫我們認定自己的長輩，對著家人師長厲聲責罵審判，一名姓薄的先進份子竟然起飛腳，踢向他老子的胸口，他老子中了飛腿後倒地，露出扭曲痛苦的表情，按著胸口忍住不敢喊痛，後來醫生說他被踢斷了三條肋骨，我旁邊的同學跟我說：『我們換個位置好嗎？等會你打我媽媽，我打你爸爸。』我正要回答那是不聽從毛主席的教導，爹親娘親不及毛主席親，那邊廂另一名先進份子已經掀起鋤頭砸向他爺爺。」鍾學儒除下眼鏡，搓揉二邊額頭穴道和眼睛。

「事情怎樣？」白揚心急問。

「突然村幹部高聲說：『小將們，你們實踐了理想的社會主義，但是，我們有更重要的事情要做，你們隨我來。』，我們乖乖跟著村幹部回到村公所，他叫我們拿出《毛語錄》誦讀，那一個想用鋤頭砸向爺爺的先進份子不服氣說：『我們要聽從毛主席的教導，鬥垮反動派。』村幹部厲聲說：『你不肯誦讀《毛語錄》，就是冒犯了毛主席，你就是反動派！』突然全班人轉身，對著他怒目相向，先進份子倏地全身及嘴唇顫抖，雙手握起拳頭，噤若寒蟬，村幹部罰他抄寫《毛語錄》一百次悔過，跟著我們照例唱完《大海航行靠舵手》散會，後來村裡的紅衛兵像找到新的敵人，那是大人常用的扣帽子方法，將他打壓成反動派排斥他，批鬥他，各人極力表現看誰對毛主席最忠心，誰最聽從毛主席的教導。」

「這是恐怖的集體意識和力量肆意踐踏個人的尊嚴和意志。」

「那個村幹部是否爺爺的親戚？」白揚接腔問。

「不，他是外來人，共產黨害怕村裡人聯群結黨做反，派遣異鄉人監視我們。」

「村幹部盡力在亂世的夾縫裡做好人，及時阻止了一件合法企圖謀殺案。」白揚輕聲說。

「啊，你怎樣來到H市？」如嫣繼續問。

「後來，我們聽到H市有一個鎖關政策，偷渡人們只要在某年某日之前抵達H市，沒有被捉拿，成功抵達入境處登記便可成為H市的永久居民，我和朋友及一大群人黑夜裡在深圳大鵬灣游水偷渡到新界，聽說夏天水裡有鯊魚咬死人，但還比不上眾多在海上遊弋的巡邏艦艇可怕，解放軍在船上開著泛光燈對著海面到處照射，不停開機關槍掃射懷疑目標，我朋友和很多人不幸中槍死了，我潛入水裡躲避，碰上不少斷體殘肢，還喝了幾口濃郁血腥味的海水，我不顧一切向前游，僥倖逃脫游上岸，發覺衣裳都染成了紅色，像國旗那樣紅，我在村子裡偷了衣服替換，走過千山萬水，到達市區的入境處登記做居民。」

「那是歷史。」

「是我的口述歷史，少年時代經歷的噩夢。」

「但是也改變不了你跟女兒非法性交的事實，你可以呈交你的特別背景報告給法官考慮，作為求情減刑的理由。」如嫣打官腔的說。

「我明白，全部都是我的錯，我不應該為了滿足一己私慾，用樞瀚威脅素紋，強逼她委身於我，摧毀她本來美好的人生，也戳破樞瀚的夢想，前妻已經傷透他的心，現在再一次受到打擊，我很痛心，他是個好孩子，我記得他小時候的孩子話：『藤蔓繞著松樹生長，它一定很愛它，要是爸爸媽媽也一樣就好了。』」

「你前妻現在做什麼工作？怎樣聯絡她？還有你不是有一名親密的女朋友嗎？把她們的資料也給我們。」如嫣不為所動問。

「她離家後在一個越南同鄉開的時裝雜誌社工作，專門報導城中明星、名人名媛和ＫＯＬ的八卦消息，後來跟人合資開了一間公關公司，專門組織協辦一些私人派對等社交活動。我將她公司和個人電話，及我女朋友的資料也給你。」

鍾學儒撥滑手機傳了簡訊給如嫣，他停頓了半晌，忽然換了一副臉孔，像變了另外一個人高吭地宣言：

「我承認我對素紋的行為是違法，但在道德上我沒有錯，女兒是前世的情人，我延續了前世的愛，把素紋代替了我最愛的妻子。」

「你的說話會當作為供詞，呈交給檢控官。」如嫣冷靜地回答。

白揚有點錯愕，頻頻搖頭，如嫣吩咐員警將他關押在警署的羈留室。

「看他長相斯文，談吐不俗，是個中醫師，也算是知識份子呢，怎麼來幹出這樣逼迫女兒亂倫的邪門事情，還說出這種變態反常的說話，不知是否入了邪教？」

「你知不知道2014年6月有報導山東招遠發生一單邪教信徒殺人案，強國為了老百姓不要誤入歧途，被迷惑加入邪教組織，當然也劍指法輪功和不獲官方承認的地下耶教，官媒中央電視台其中一個官方微博「央視評論員」，圖文並茂教育網民如何辨別鑒定邪教。」如嫣煞有介事說。

「是嗎？願聞其詳。」

「強國中央電視台解說有五點，邪教具有強烈的排它性，始終宣傳自己是最偉大的；邪教具有強烈的強迫性，通過洗腦和自我標榜來確立自己的正確性；邪教具有通過壓迫別人來獲得利益的特性；邪教內部通過裙帶和其他手段來構築內部關係網，以保證其利益；邪教往往嘴上說的很好，實際上做著最骯髒的事情。」

白揚聽了咋舌，說不出話來。

白揚打電話給鍾素紋，約她見面傾談，她答應了，不過不想到警察局，希望在飯店的房間見面，約好下午會面，如嫣聽了有點意外地說：

「想不到她答應得倒爽快。」

「當然啦，她爸爸拆散了她的姻緣，更對她做出禽獸的行為，她必然對他恨之入骨，要報仇雪恨嘛，人同此心，心同此理。」

「但那二十多年的情份呢？」

「樞瀚和鍾學儒的證辭都是一致的，鍾素紋是為了樞瀚的前途，想要維繫一個完整的家才忍受污辱這些年，這一點足以抵消二十多年的情份。。」

「走著瞧吧，聽聽鍾素紋自己怎樣說。」

下午二人到達鍾素紋下榻的飯店，他們按了鈴，鍾素紋應門，白揚看到一名身量高挑的苗條女子，穿著白襯衫和灰藍色卡其布長褲，烏溜溜的頭髮，精緻的五官，眉梢眼角帶點混血兒的影子，態度沉穩淡雅，散發縷縷的書卷味，皮膚白皙，素顏沒帶首飾，神情有點憂鬱，更顯得楚楚動人，白揚不自覺被她吸引，怪不得鍾學儒怦然心動，做出越軌行為。

如嫣打量她一下，是個美女，不知是否美媽生美女，遞上名片說：

「鍾小姐，您好，我是員警步如嫣，他是白揚。」

「二位您好，請進來。」

白揚想這嗓音真好聽，房間很小，門口對著幾隻窗子，左邊是廁所和浴室，沒有衣櫃，一張大床貼著廁所牆壁擺放，前面是小櫃子和電視，窗前放了一張小桌子和二張椅子，如嫣和白揚將它們移近床邊坐下，白揚拿出電腦紀錄，鍾素紋坐在床上，挨著床靠、抱著大枕頭、疊著雙腳，擺出一個防衛的姿勢。

「鍾小姐，我知道這對女生是一件很尷尬和難受的事情，但為了充分了解事情發生的詳細情形，判斷是否有足夠證據起訴被告，你的口供十分重要，請你描述第一次受到性侵犯的經過。」

如嫣不帶感情，專業地說明。

白揚看見鍾素紋略為臉紅，接著神色平靜說：

「那是八年前x月x日發生的。」

「你記得十分清楚啊。」

「是的，那是一件刻骨銘心的事情。」

「請繼續。」

「當天下午我放學回來，打開門發覺爸爸仍在家，有點不解，他應該已經去接樞瀚放學，他板著臉凜然問我是否認識了男朋友，我結結巴巴否認，強調學長只是普通朋友，但是爸爸就是不肯相信，不停責難我，我不斷辯白硬撐，大家爭執了很久沒有結果，氣氛很僵持，突然他怒氣沖沖坐近我，我感到害怕便挪開一點，低頭哭泣，他沉著聲對我說：『要是你不順從我，我就離開這個家，讓你和樞瀚無所依靠，沒有前途，潦倒一世。』我不太明白，抬頭看他，他目光噴發如火的慾焰，令人生畏，我起身逃開，忽然他攫奪摟抱我，撫摸我的身體，我很驚慌用力他推開說：『不要啊，爸爸，我是你的女兒。』他毫不理會，狂吻我的嘴唇，喉嚨發出像野獸吞噬的聲音說：『我愛你，我最愛你，我要你，我要你。』我嘗試掙脫他，但腦海閃過爸爸抱緊保護樞瀚蹲在桌子下，躲避媽媽的狂暴脾氣時，樞瀚一臉徬徨無助的表情，便洩了氣放棄抵抗爸爸了，他俊雅的臉孔變得扭曲變形，模糊不清，他扯下我的裙子，像一把切魚生的利刀迅速進入我的身體，不停使勁蠕動，他急喘的氣息，迷幻藥般的體味，潮水漲退的勁兒，令我頭昏腦脹，魂飛魄散，漸漸失去意識，我不斷幻想他是學長，他是我十分傾慕的明星，更重要他是一個陌生人，希望事情快點過去，良久，他徐徐退出，像餘波蕩漾，餘韻飄浮，餘氣仍在，他繼而一陣痙攣抽搐，接著撲倒在我的身上，事情就這樣結束了，我什麼也不能做，只能哭泣，他匆匆離去，我剛整理好衣衫，樞瀚便回來了，我說了句：『爸爸要離開我們。』想到傷心處我抱著他痛哭，樞瀚囁嚅站著，不知所措。」鍾素紋紅著眼嗚咽說。

「你爸爸之後怎樣？」

「那是我的初夜。」鍾素紋忽然幽幽說過後，眼眶含淚。

「吓！」白揚掏出手帕遞給她，她接過拭淚。

時間好像凝結在這裡，如嫣望向窗外的風景，白揚柔聲問：

「你好一點沒有，要不要倒杯水給你？」

白揚隨即起身倒了一杯水給她，素紋接過喝了一口後說：

「謝謝。自此每隔一至兩周他就脅迫我幫他洩慾，他經常會在半夜三更摸進我和樞瀚的房間，還自鳴得意說偷偷摸摸更刺激，有一次差點穿幫被樞瀚發現，之後他在客廳間隔了一個更小的房間給樞瀚，以後每人有一個房間，方便他行事，我只能消極應對。」鍾素紋唏噓無奈地說。

「你有沒有嘗試反抗他？」白揚忿然問。

「要是他利用樞瀚威迫我不奏效或拒絕他，他就會自殘如撼牆壁、砸東西、翻桌子、鎚打自己逼迫我就範，我不想家庭破碎才啞忍下去，有時他會一邊看色情片一邊性交，叫我模仿片子的女人那些猥褻的姿勢，淫蕩的表情和誇張的叫床聲，到了後來他意猶未盡，還發展到角色扮演變裝秀，那就是『甜蜜的回憶』幾段片子了，我曾經警告他我會報警，另外結識別人，他激動得拿著菜刀，揚言要自殺或殺人，結果我吃不消，只好不了了之，我勸告他不如去召妓，他說覺得妓女污穢，不想碰她們，他最近認識了女朋友，我想從此便能擺脫了他的侵犯，但是他仍對我糾纏不清，不肯收手，令人心碎，他還說只是犯了天下男人會犯的錯。」鍾素紋黯然地細訴。

「那麼你的心情怎樣？」如嫣出其不已地說。

鍾素紋有點錯愕，低頭避開如嫣的目光思索，半晌視線游移不定說：

「我心裡很難受，在街上遇到外型跟爸爸相似的男人就會慌張忙亂，手心不停冒汗，急急忙忙走開躲避他，身處家裡會有不踏實的感覺，不安全，缺乏自信，幸好有樞瀚，他令我安定下來，人生有了目標。」

「你和弟弟的感情怎樣？」

「弟弟很可憐啊，媽媽從小就不大理睬他，對他的提問只會冷笑嘲諷或憤怒，既是如此，當初為什麼她要懷孕？她不會幫他穿衣服鞋襪，不會接送他上學放學，甚至不會摟抱他，弟弟念幼稚園小班時每天只上幾小時的課，那不過是幾個小時的分開，但是他看到我接他放學時總是熱情地擁抱我，緊緊握著我的手一起走回家，他午睡時愛撒嬌牽著我一根指頭，依偎在我身邊，我能感受他的體溫，也感受到他小小心靈渴望被關愛疼惜之情，我對樞瀚愈好，媽媽對樞瀚愈冷淡無情，家裡好像一個沒有閥門的壓力鍋，鍋裡膨漲的氣壓會隨時炸鍋，我和爸爸都感覺到那一種每天都在增加的壓力如影隨形，但卻不知道如何解決，直至有一天媽媽煮晚飯時爆發，她鬧得家裡翻天覆地，橫七豎八，如潑婦罵街，過二天，她不辭而別，這樣也好，至少家裡已經沒有那一股令人不寒而慄的氛圍，沒有媽媽，弟弟反而開心多了。」

「他怎樣開心？」

「他在家裡說話多了起來，人也活潑淘氣了，整天到處研究碰到的新奇事物，講一些幼稚可笑的孩子傻話，指著牆角的蜘蛛網說那兒有把沒有轉動的風扇，下雨時雨點敲打窗子說天在彈琴，刮風搖樹時說風和樹一起合唱和跳舞，在公園把含羞草踏歪，葉子收縮摺疊起來，不久又恢復原狀，便說含羞草像耶穌復活了，又將割草機叫做吃草草的鱷魚，他是快樂成長的，爸爸任由他自由發揮，做他喜愛做的事情，爸爸曾鼓勵他說：『我愛的是你，並不期望你成為某一類理想的孩子，你只要做自己就好了，不要為了取悅別人，做一些違背自己心意和良心的事情。』又常說：『世界很大，人生很短，值得探索和追求的事情如恆河沙數，而且失敗並不可怕，爸爸也是在失敗中成長過來。』」

「你爸爸倒也通情達理。」如嫣揚一揚眉，帶點猶豫說。

「可是他卻犯下彌天大罪。」白揚決斷回應。

鍾素紋低著頭沉思，一臉陰鬱。

「你跟媽媽的關係怎樣？你要不要聯絡她？」如嫣明知故問。

「不，我絕對不想見到她。」

「你媽媽是怎樣一個人？」

「她是一個不易滿足，不滿現實，操賤業的女人。」

「你知道她做什麼職業嗎？」如嫣斜睨她一眼問。

「你自己去問她。」

「你媽媽背景怎樣？」

「據爸爸說她生長於西貢富有之家，自小就錦衣美食，出入名貴轎車，使喚下人過日子，直到她十歲那一年北越解放南越，西貢淪陷，她一切繁華順遂都煙消雲散，一去不復返，緊接下來是殘酷的戰火，家人被清算悲慘地死去，貧困顛沛的生活過了一年，她無奈地跟著親戚踏上破爛的木船，投奔怒海走難到H市，她親戚在海上熬不住去世，屍體掉進海裡，她孑然一身來到異鄉，被送進禁閉營等候移民，這樣過了好幾年，本應是躍動煥發的青春無聲無色地流逝，祇留下一片下空白，她為此哀怨哭泣，後來遇到爸爸，為了逃離禁閉的日子，倉促與爸爸結婚，這樣祇是由一個籠子跳進另一個大一點的籠子。」

「是這樣嗎？」

「她走入尋常百姓生活裡，但是言語不通，舉目無親，放眼都是異鄉人，求助無門，心靈寂寞，無處排遣，她經常自覺被周遭的人迫害欺負，有菜攤小販說她體態豐腴，她光火地向爸爸投訴那小販指桑罵槐笑她肥胖，爸爸根本不能對付她變化多端的脾氣，初時跟她講道理，最後只能唯唯諾諾，她根本不懂得也不去欣賞、感恩爸爸對她十分穩定的愛，讓她擁有任性的權力，那不是女人理想的愛情嗎？她更緬懷兒時美好炫目的時光，滿腦子都是怨念，我小時候還聽過她愉快地哼唱著越南小曲做飯，後來那些歌曲變了腔調，變得煩躁憎惡，她對著繁重的家務、乏味的生活極度厭惡，我們過農曆新年和中秋節時沒有應節食品，祇有平時吃的法式長麵包和越南米粉，她起初只是長嗟短嘆，接著經常發脾氣摔東西，後來動輒大聲罵人，有一次爸爸下班回來，二人不知道為什麼又吵起架來，爸爸吵了一會，忍讓妥協不理會她，媽媽還是不肯罷休，無理取鬧，不停砸東西，歇斯底里地叫陣。」

「你爸爸已經很厲害，還不及你媽媽。」如嫣悠哉地說。

鍾素紋面無表情望她一眼，繼續說：

「我們瑟縮在餐桌下面，等待媽媽的超級風暴退卻，可是爸爸實在太疲累了，竟然躺下睡著了，我鎖在他的胳臂裡，我輕輕轉過來抱著他的腰身，抬頭凝視他好看的臉孔，剛長出來的鬚根，耳朵貼在他的胸口，聽著他有規律的心跳和打呼嚕，聞著他的體味和氣息，我感到溫暖又害怕，既安全又失落，忽然瞥見她看傻了眼，臉上露出複雜的表情，有點手足無措，我立即裝作睡著，心裡變得踏實了。」

「你跟媽媽和爸爸的關係就似冰和火。」白揚搖著頭說。

「自始我對她不冷不熱，也不向她討愛，對她的所作所為視若無睹，對她的冷嘲熱諷免疫，有一次我們三人逛街，我在玩具店的廚窗裡看見中意的洋娃娃，盯看了很久，心裡很想要那個洋娃娃，我抬頭看，她瞪了我一眼，撇了一下嘴角，一聲不響拽著我就走，我不吵也不鬧，我們就是這樣對抗冷戰，第二天爸爸送我上學，我們剛下樓，爸爸滿臉笑意，從背包出乎意料取出我心愛的洋娃娃，我興奮地接過它，忘情地吻了爸爸的臉，我至今仍記得他的鬍根有點扎臉，但他的臉很溫熱，爸爸溫柔說：『不要讓媽媽知道。』我在想，真好啊，我和爸爸之間有了秘密，這是她不知道的。我握緊爸爸的大手，歡天喜地上學。」

「你爸爸對你和樞瀚都很好啊。」

「是啊，有一次學校的家政課教織絨線，並不是編織打毛衣那種高層次，只是織一方絨毛布塊做練習，老師教了我們編織夾花的基本手法，夾花是利用各式絨線織出圖案，然後她分發講義說是下次會教授的款式，叫我們回家跟著講義嘗試編織，那是常見的款式辮子，辮子是將毛線扭來扭去，花紋微突，小男孩穿上這樣的毛衣，尤其可愛，我想樞瀚穿上這樣的毛衣一定是個小帥哥，但是我看不懂講義，對著它發愁，爸爸看見過來幫我，他細心讀過講義，再跟著它的步驟，笨手笨腳地架著織針、浣著絨線，千辛萬苦才織出幾行成品，我神奇地看著，撒嬌地叫爸爸教我，他捉住我雙手一針一針來回穿梭，終於織出絨毛布塊，我很開心和滿足，那是我和爸爸一起創作的。」

「你們移民到U市這裡後，你跟媽媽的關係有沒有改善？」白揚好奇地問。

「沒有，我來到這裡時開始長高發育，有一天早上換校服時發覺胸口脹起了肉瘤，我對著穿衣鏡檢查，忽然聽到背後她幸災樂禍地說：『你生了大毒瘡，很難醫治啊。』我轉身看見她斜靠著門框，有點不正經地扠著腰，似笑非笑，我很害怕，匆忙換過校服，跑去學校找朋友商量，我告訴朋友我的狀況，她曖昧地笑著說：『你媽媽沒教你嗎？你那個來了沒有？』我尷尬地搖頭，她跟我耳語，我才恍然大悟，她繼續說：『等會我們到學校診所看生理科，還有叫你媽媽帶你去買胸罩。』我期期艾艾應對著，胡混過去。最後我紅著臉吞吞吐吐跟爸爸說，爸爸聽了後不大明白，還追問我那裡不舒服，要開藥給我喝，我只能結結巴巴重複說那個那個，真的急死我了，後來我低著頭說下面那個來了，爸爸才搞清楚給我錢買東西，還加多了每個月的零用錢。我不會跟她說，我知道她一定會落井下石奚落我。」

「那你媽媽之後怎樣？」

「她來到這裡後遇見也是移民的同鄉，大家同聲同氣，社交圈增大了，她比以前開朗，但是對我仍然是冷冷淡淡，經常找爸爸的碴子跟他吵架，有一次我聽到她怒斥爸爸說：『衰人，我不想要孩子，你就搞大我的肚子，你分明就是跟我對著幹。』第二天她的同鄉來探望她，我偷聽到她跟同鄉訴苦說：『我不想要孩子，我要打掉牠。』她同鄉苦口婆心勸告說：『打掉孩子會搞垮你的身體，大傷元氣，損害你的美貌，而且孩子已經成形，要是打掉牠，嬰靈不能投胎，會一輩子纏擾你，拖累你今生今世都走霉運，直到你躺進棺材。』她嚇壞了才作罷，但在懷孕期間經常發脾氣摔東西，爸爸根本不知道她本來要打掉孩子，還低聲下氣服侍她，樞瀚出世後，她對樞瀚的事情撒手不管，也不給他餵母乳，爸爸父代母職，異常辛苦，當然我也有幫忙，但她也會做一些家務，因為她還要依賴爸爸給她家用，及後樞瀚長大，她對他喜怒無常，令樞瀚無所適從，經常苦惱向她討愛，卻被她冷言冷語拒絕挖苦，反之，她整天打扮得花枝招展跟同鄉見面鬼混。」

「什麼原因導致你媽媽離家出走？」

「導火線是她對我的嫉妒。」

「怎麼說？」

「事緣我在中學公開試考獲優良成績，可以上大學，我拿著成績單興奮地告訴爸爸，當時她也在場，是的，我是故意這樣做，她臉色一沉，忿忿不平地說：『你能上大學就這樣神氣，你以為你很優秀？我也很會念書，要不是越南被解放，要不是我家散人亡要走難到H市，要不是我被關進禁閉營，要不是我遇上了你無能的爸爸，我也能夠考進大學，我年輕時比你漂亮多了，要是我上了大學，會碰到比你爸爸出色百倍的男人，過著寫意的生活，用不著蹲在這個狗窩裡。』我頂回說：『你怨什麼？要怨就怨你生不逢時，要怨就怨你命苦，你整天怨天怨地，為什麼不怨你自己不發奮圖強？』她瞪了我一眼，反手就甩了我一下耳光，說了一句：『賤貨。』跟著怒氣沖沖走回房間，我的臉龐紅腫了一大片，摀著臉哭泣，幸好有爸爸擁抱安慰我，那是最大的補償，我感到好幸福。過了幾天晚飯時她突然大吵大鬧砸盤子，掀翻桌子，過二天她就夾帶私逃，離家出走，這十幾年來，我們就是被迫跟著她凌亂的腳步錯失亂走，被她牽扯得繞圈子打轉，頭昏腦脹，過著破碎、惶不可終日的生活。」

鍾素紋說完後表情漠然冷峻，不發一言，白揚輕聲叫她一下，她才回過神，露出戒備的目光。

「鍾小姐，我們也問得差不多了，要是你想到什麼，請務必告訴我們，謝謝你的合作，再見了。」如嫣總結地說。

「那我爸爸會怎樣？」她滿臉關心。

「我也不能告訴你，那要看陪審團的決定。」

「要是罪成，他會判多少年監禁？」

「我不知道，警方只是執法，判刑是由司法法官決定。」

「謝謝你。」

「還有，你初戀的學長叫什麼名字？怎樣聯絡他？」

鍾素紋傳簡訊將資料給如嫣，二人離去，在車上白揚扭著方向盤說：

「真可憐啊，父親犯下滔天大禍，姊弟頓失所靠，媽媽又形同陌路，二人以後只能相依為命。」

「鍾素紋是成年人，又是專業中醫師，定能照顧樞瀚的生活，只恐怕……。」

「恐怕什麼，你總是理智得冷酷無情，怪不得女人最大的對手是女人。」

「你被她的美色所迷。你不覺得她形容初次被侵犯的過程很情色嗎？」

「我不覺得囉，我只是覺得她苦澀地傾訴她的不幸和犧牲，痛恨她爸爸將她當作是發洩獸慾的工具。」

「她過份關心她的爸爸呢。」

「你沒有聽過『斯德哥爾摩症候群』嗎？又稱為人質情結，受害者對加害者產生感情，認同加害者某些觀點和想法，會覺得不再受到威脅，這是一種自我防衛機制，鍾素紋認同鍾學儒是真心愛她，便為他講好說話。」

「我們要找她媽媽阮華問話。」

「為什麼？」

「追本溯源，是她間接引起案件。」

# 原罪者

## 1.

第二天下午如嫣和白揚沒有預先通告，就去到阮華的辦公室大樓，它位於三、四線的商業區，特色是地下都是各式各樣道地特色的店鋪，街道比較狹窄嘈雜邋遢，行人摩肩接踵，多數是衣著樸實的市民，少了衣冠楚楚的紳士淑女、行色匆匆的商人和專業人士，他倆來到一幢半舊的大廈，經過走廊，在牆上的水牌確認阮華的公司所在樓層，在唯一的升降機面前等候，旁邊是保全櫃檯，祇有一名看上去睡著的老者當值，他們上到阮華的公司，進門後是接待處，左邊貼牆放了一張舒適印花布二座位的沙發，前面是小巧精緻的櫃檯，後面是一道牆壁，遮住裡面的情況，但隱約聽到熱鬧的鶯聲燕語，米白色的牆紙鑲住了幾個藝術字體寫著「曼華妙韻」，阮華公司的名字，二人秀了員警委任證給年輕的接待員看，她露出詫異的神情問：

「請問發生什麼事情？」

突然一名年輕貌美、衣著性感暴露的西洋豔女扭著蛇腰從裡面走出來叫道：

「Dora，有沒有見過公司借給我用的卡地亞手袋？」她瞥見有陌生人在場，立刻機靈地縮回入裡面。

「我們想找阮華女士，她在嗎？」

「阮華？你說是老闆阮曼華，她出外工作，今天不會回來。」

「能否約她明天見面嗎？」

「請你等一下，我去請示老闆，你們請坐。」

接著接待員走入裡面，過了半天才出來說：

「老闆說你們可以到『ｘｘ會所』跟她見面。」

二人謝過後離去，白揚將車子駛向郊外，走過一條壩子路，右邊是景色秀麗的水塘，左邊是岬角鎖著的海灣，太陽西下，車子向上駛進濃密的樹林，忽然看到一棟棟雅致、格調不凡的別墅掩映其中，跟著車子拐了個左彎向下駛，右邊是個深入陸地的內灣，一泓碧水閃著落日粼粼金光，對面是個蒼翠小山，接著又向右轉往下，不遠處突出的的小懸崖矗立一座白色建築物，車子來到一條岔路，路口豎立一個別緻的牌子，上面寫著「ｘｘ會所」，白揚向左轉停在更亭旁，保全確認過後叫他向前駛，車子穿過二邊高大的落葉松林，一座別具氣派的建築物蒙太奇地漸現眼前，白揚把車子停泊在放滿名貴轎車的駐車場。

二人佇足欣賞，整座建築物仿照美國白宮的模樣，二邊雪白的外牆，中間幾根古典希臘式的石柱頂著山門，後面有一個圓頂，二人來到裝設了長長銅把手的高大玻璃門，一名穿制服的門童連忙拉開玻璃門，挑一挑眉毛讓他們進來，裡面是圓形的交誼廳，依照萬神殿建造了一個拱頂，挑高的樓頂懸掛了一盞金碧輝煌的水晶吊燈，中間是主燈，旁邊裝飾了六盞小燈，水晶的閃光互相折射反映，如萬花筒化成無窮閃爍光芒照亮交誼廳，水晶燈下面擺放一個巨大復古羅馬式的石雕花瓶，插滿色彩繽紛、香氣襲人的鮮花，製造了如夢似幻的氛圍，他們來到宴會廳門口，一名戴著白手套、穿著灰色燕尾服和同色系醒目領結，油亮頭髮梳得一絲不苟的禮賓司站在小櫃檯後面，上下打量步如嫣素顏便服，拔高嗓子問：

「紳士淑女，請問貴姓芳名？」

「我們是警察。」如嫣亮給他看警員委任證低聲說。

「請問有何貴幹？」禮賓司不動聲色問。

「我們找阮曼華。」

「你們入去後，詢問站在門口迎賓的女知客，她們是『曼華妙韻』的人。」

此時有一名穿著白色宴禮服、戴著花俏領結的中年男子走出來，色迷迷地盯著步如嫣，舔舔雙唇，走近禮賓司小聲問：

「是否『曼華妙韻』的人？」禮賓司跟他耳語。

「真可惜。」

二人走入裡面方形的場地，地上鋪設了厚實的波斯地氈，淺粉紅花紋的大理石牆壁，空調十分冷凍，如嫣看見剛才在阮曼華辦公室那名衣著性感暴露的西洋艷女，親熱地挽著一名男子的臂彎走下二級階級，送到席間，洋女留下徘徊周旋，跟其他男客人調笑拋媚眼，場地擺放了約十張桌子，前面是圓形舞池，側邊是一個搭建的小平台，擺放了咪高封架座，最前處有幾扇木框玻璃門通往外面的小花園，那裡可以遠眺海灣的景色，場內衣香鬢影，女賓都穿上耀眼的貂皮大衣，頸項戴著炫目的寶石鍊子，中外脂粉香娃美女穿插其中，令人目不暇給，記者不停為貴婦仕女拍照，其中一名站在門口的漂亮女迎賓看了看如嫣問：

「您們好，請問有什麼事情可以幫忙？」

「我們約了阮曼華女士見面。」

「明白，請跟我來。」

女子領著他們到職員休息室，說了聲等候便離去，白揚說去洗手間，接著二名穿著深灰色制服的女子走進來，其中一人說：

「每次宴會她都帶來不同國藉的女子充當招待迎賓，勾引得那些色鬼暈乎乎，不知她怎樣做到？」

「那些女人很多模樣像中環，開口說話變了旺角呢。」

「對男人有什麼要緊呢？炮友而已，他們就是喜歡庸脂俗粉。」

「她爬到這個位置還不是靠女人天賦的本錢。」
「小聲點，隔牆有耳。」
「怕什麼？都已經是公開的秘密啦。」
「事情是怎樣？」
「我看著她出身，她以前是個小記者，跟著前輩出入這些奢華璀璨的場合，經常為名媛明星KOL拍照，放在雜誌當眼處賺錢，後來與上流人士混熟，不屑坐在記者席，拉關係坐在嘉賓席，男朋友如車輪滾動，關係隨便，真是人客水流柴，她衹是踩踏男人上位，才當上名牌公關。」
「所謂名牌公關還不是幹那些扯皮條勾當。」
「說得正是，她今天那條裙子就像專門派給男人的……。」
突然大門打開，一幅綠色裙子的下襬盪了進來，二個女人瞥見連忙逃命似的急走，經過大門側身而過，一名染了淺褐色長鬈髮女子踩著高跟鞋搖曳地扭進來，她看似大約四十出頭年紀，中等身高，身材曼妙，高鼻杏眼，濃妝艷抹，帶著混血兒的外表，鍾素紋長得有幾分像她，她戴了一條藍綠色半寶石頸飾，穿著一襲低胸曳地長裙，裙子曖昧的綠色像新鮮磨成蓉，但混了少許醬油的日本芥辣，那辛辣濕膩的感覺卻像專門派給男人的綠頭巾，如嫣禮貌地站起來，女子扠腰、挺胸、丁字腳佇立，二人彼此打量，此時白揚興沖沖走進來說：
「那洗手間……。」

白揚看見有人便收了口，女子從容地說：

「你是白警官。」跟著斜睨如嫣說：

「你是步警官，我看過你的照片。」

「不敢當，你是『曼華妙韻』的老闆阮華小姐？」

「是的，不過我已經改了名字叫阮曼華。」

忽然阮曼華手上的節目表跌落地上，她看一看如嫣，努一努嘴，如嫣毫不理會，繼續泰然地看著她，白揚眼明手快連忙拾起節目表交還給她，阮曼華皮笑肉不笑說：

「謝謝。」她瞟了如嫣一眼冷淡的問：

「你們找我有什麼事情？」

「是關於鍾學儒的案件。」

「他犯了事？我跟他已經離婚，沒有關係。」她懶洋洋地回答。

「也跟鍾素紋和他家裡有關。」

「跟那個臭丫頭有關？」

阮曼華倏地露出興趣盎然的表情，突然一名女子跑進來說：

「老闆，節目快要開始了，你要準備上台了。」

「好的，我快來了。二位，遲點再跟你們說。」

她說過後，扭著腰肢，用惹人討厭的婀娜身段離去，白揚笑說：

「她剛才斜眼看你的時候，那股風塵味濃得化不開，她看上了你呢。」

「收聲，看上你的頭，死仔包。」

「哎呀，步警官好粗魯啊，人家好心才曲線地給你一個讚。」

「用不著你的好心。還有，剛才你說洗手間什麼？」

「洗手間的水籠頭是鑲金的，馬桶蓋是鑲銀花邊的，真的很豪華耶，你也要去見識一下。」

如嫣撇了一下嘴角，忽然奏起音樂，節目要開始了，二人走出去觀看。

泛光燈照射在台上，一直引領著阮曼華儀態萬千地出場，她先用法文說了歡迎，跟著高聲說：

「多謝各位光臨ｘｘ同樂會周年大會，我是『曼華妙韻』的阮曼華，是大會司儀，也是協辦籌備今晚的節目，現在等我先賣一個關子，各位嘉賓，請移玉步到花園去，第一個節目就在外面。」

此時宴會廳的燈光轉暗，侍者手忙腳亂地安排，嘉賓魚貫走出花園，現場的四重奏弦樂響起，霜月爬昇，月光灑在眾人身上如披上一襲銀衣，初秋風動涼習習，溫和陶醉，阮曼華召集各人望向海面，幾盞雷射燈聚焦在一艘西洋仿古帆船，燈光跟隨它破浪揚波，雷射燈緩緩地移到船頭，一位著名的男高音身穿黑色宴禮服豔紅領結，帥氣地站在雪白的帆旗下引吭高歌，四重奏弦樂附和著他的歌聲，歌樂悠揚，響徹整個海灣，如此良辰美景，賞心樂事，一曲既終，紳士淑女一齊鼓掌，讚歎不已，大家回到席位，燈光亮起，眾人又再次發出驚歎之聲，一隻精美的水晶仿古小帆船已經擺放在每人的瓷碟上。

白揚看得也拍掌，如嫣有點感慨，看著阮曼華跟城中熟悉的達官貴人談笑風生，竊竊私語，嬌笑得以手掩口，嫻熟地應付他們的玩笑，不一會，那名剛才帶領他們到休息室的女子趨前說：

「阮小姐說她被幾名老闆纏住今晚吃宵夜，不能分身，她約你們明天下午五點到她的辦公室見面。」

「謝謝你。」

二人知道這裡已經沒有他們的事情便離去，白揚握著方各盤問：

「剛才阮曼華失手掉落了節目表，她的長裙太礙事，不能拾起節目表，為什麼你不幫忙拾起它。」

「她是故意丟掉節目表的。」

「為什麼？」

「她想我拾起節目表。」

「何解？」

「要是我彎腰拾起它，那像鞠躬，要是我蹲下，那像下跪，二個動作像不像一個低層人員向一個高層人員敬禮臣服？她就是女皇心理，她扔掉節目表時看了我一眼，努一努嘴，那是暗示我去拾起節目表，我不為所動，才不會拾起它，滿足她渴望高人一等的慾望。」

「那麼我豈不是吃了大虧。」

「誰叫你人蠢無藥醫。」

「步警官是專門傷害弱小心靈的殺手。她怎會有我們的照片？」

「傻瓜，她叫辦公室的下屬拍攝我們，傳給她看過後才考慮要不要會見我們，故此我們才在她的辦公室等了大半天，她要我們來到會所這裡見面的原因，是要擺闊顯示她的派頭排場。」

「她又不是宴會主人，只是一個小小公關，嚴格來說是僱員，如何能擺闊呢？她的想法真是匪夷所思。」

「狐假虎威嘛，她自小生活驕矜奢華，經過一次大劫後，竟讓她重拾璀璨貴氣的世界，她沉醉在虛榮夢幻中，回不了頭，也回不去了，無論用任何手段，她也要繼續維持這種生活。」

「那樣做法好不好？」

「我不會批評別人的道德價值觀，但是會避開道不同的人，那是她個人選擇，後果也由她自己承擔，要是牽扯到別人的命運，那才是一齣悲劇。」

「她已經牽絆了鍾學儒一家三口的命運，孽債啊。」

## 2.

第二天下午如嫣和白揚赴約，在車子上白揚侃侃而談：

「我請教了其他組別的同事，不法份子如何招攬不同國藉的女子到來當娼，主要渠道是經過國際黑道組織運送女子到來，包括人口販賣，但是阮曼華不具備這種方面的能力和關係，而且，這樣做法很容易被黑道控制，結果會很悽慘。故此她會採取迂迴的辦法，進行網絡篩選，在群組結識一些有潛質的外國女子贊助吸引她們到來，一邊旅遊，一邊打工賺錢，再遊說她們當娼，另一種更快捷的方法是直接到旅遊區，挑選獵物，說服單身標緻的女遊客當娼賺快錢，總有一些女子經不起金錢誘惑客串賣淫，經過這些年她可能已經建立了資料庫和網路，聯絡那些曾經為她工作的女子，介紹新血給她，那些女子經過她悉心的包裝後，在不同宴會亮相，提供源源不絕的新鮮面孔給客人。」

「很好啊，可惜我們不是偵辦賣淫案件。」

「知道了。」

二人來到阮曼華的辦公室，接待員已經拿出手袋準備下班，她帶領二人進去後離去，裡面是一個偌大的房間，旁邊貼牆放了一張長枱，上面擺設了幾台電腦，牆壁鑲了幾面穿衣大鏡，二邊是掛滿長裙、晚裝禮服、閃亮衣裳的掛衣架，地上都是鞋子等雜物，中間是一張圓形的大桌子和椅子，情況很凌亂，後面間隔開二個有窗子的獨立辦公室，左邊是阮曼華的房間，她悠閒地坐在椅子上滑手機，招手叫他們進去，二人走入去，阮曼華沒有起身迎接，她瞄了如嫣一眼，用手指一指椅子示意二人坐下，她化了一個淡妝，眼角的魚尾紋隱現，腮邊的贅肉有點下垂，她放下手機，聲音如金屬般冷硬說：

「那個廢柴犯了什麼事情？我問王伯，他說不知道。」

「你沒有問你的親戚嗎？」

「我在這裡沒有親屬，祇有朋友。」

「你回答我們的問題後，我會告訴你。」

「你們想知道些什麼？」

「你和你家裡的關係。」

「我？也沒什麼好說啦，我想你們也偵查知道了，我小時家裡大富大貴，共產黨摧毀了我的人生，害我家破人亡，我輾轉流落到H市，過了十年苦困的生活，要不是為了逃離監禁的煎熬，和禁閉營內南北越兩幫人經常爭執廝殺，整天過著殃及池魚惶惶然的生活，我絕不會草率地嫁給那件廢物，我恨我自己沒有眼光，我的前半身都是他拖累的，我嫁給他以後，憧憬找到一個比自己強勢的男人，在一個避風港休息，好讓我衷心依傍，滿足我的安全感，那知他竟然是比我脆弱的男人，事事總是和稀泥的樣子，滿意與世無爭，知足常樂，甚至安貧樂道的生活，不會發奮圖強追求財富和榮譽，照亮自己的人生，我受不了枯燥、單調乏味的日子，每天銖錙計算的家庭主婦身份，像困住在一個沒有出路的迷宮，而且周圍祇有一些言語不通的陌生人，經常盡情奚落和取笑我的混蛋，我心裡受了傷害卻無人可以傾訴，怎料禍不單行我竟然懷了孕，身邊又沒有可以商量的素心人，產下那忤逆女之後，更加苦不堪言，是的，我是怨天怨地怨命運，為什麼上天不能給一個我機會？」

「那麼你就經常跟鍾學儒吵架？」

「我跟他吵架是想迫他說話，想知道他心底的說話，可是，他總是永遠不知警覺，懵懵然好像大智若愚，以不變應萬變的態度對付我，我對他怒不可遏咆哮，他就扮演一個未上戰場就認輸的敗陣者，壓抑自己，默不作聲，我寧願他跟我對罵，或者互相扭打，但總不能沉默，但是他最後選擇沉默，我不擅長沉默，很難理解他的沉默，我可以接受他會辜負我傷害我，卻不能忍受他的沉默，他愈沉默我就愈生氣，我永遠走不進他的內心，我不了解他，不知道他到底愛不愛我。」阮曼華噘著嘴，猶帶餘怒說。

「男人沉默是思索問題，尋找解決方法，不是百辭莫辯，不想吵架，不想說謊，想獨處，不是不愛你。」白揚插話。

「根本不是這樣。我跟他逛街時在時裝店看見一條漂亮的裙子，有二種顏色我都喜歡，便拿著二條裙子問他那一條比較好，他說藍色，但我實在也喜歡粉紅色，正在猶豫不決的時候，他掃興地說不要花無謂錢買二條同一款式的裙子，隨便選一條好了，我心裡實在很氣，為什麼他不會湊趣說，二條顏色都各有千秋，穿著不同顏色的裙子會顯出你各種美態，你全買下好了，最多我們下個月省吃省用吧，最後我賭氣二條都不買。在花市我想買一束美麗的花兒，他說家裡沒有花瓶插花，我光火得頂回去逛花市就是要買花，沒有花瓶便買一個。在快餐店吃下午茶時，我說不餓，他就祇買自己的份兒，毫不體貼地不多買一個漢堡給我，或者將他自己的漢堡掰一口給我也好，不管我須不須要，我祇想知道他的心裡有我，他是個木頭人，不懂得知情識趣，永遠不知道我的心，我想要的祇不過是二三句無所謂真假對錯的說話和行動，我這樣卑微的心意也未能得到滿足，我還有什麼指望呢？我過的是殘缺不全、千瘡百孔不如意的婚姻生活，直到發生一件事情，我肯定他並不愛我。」

「什麼事情？他有了小三？」

「是的，就在家裡。你們華人不是有句說話叫『日防夜防，家賊難防。』嗎？」

「你家裡有傭人？」

「不，是那個死丫頭。有一次我跟他吵了一場大架，他照例躲避我，當時那個忤逆女已經念五年班，像個小大人，二人瑟縮在餐桌下面，我吵了一輪之後，發覺鴉雀無聲，便偷看他們，二人竟然親暱地摟抱在一起，睡在地上，我看得酸溜溜，百感交雜湧上心頭，傻了眼心也酸了，不由自主地痛哭流涕，我十分嫉妒他們的親密，突然醒覺這些年來我從沒有真正得到他的愛，他愛那個忤逆女比愛我更多。」

「那麼你以後就不斷對你的女兒找碴。」

「我發現我最重要的敵人就是忤逆女，我就是要跟她爭奪他的愛，爭回來丟掉也是一件快事。」阮曼華舔一舔嘴唇說。

「後來怎樣？」

「H市政局起了變化，我極力主張移民到U市，其實H市政局有什麼變化關我什麼事？我是越南亂離人，受過北越共產黨專制政權的高壓統治，嘗過顛沛流離的走難歲月，熬過無端被關上十年，失去自由的日子，我知道自己要什麼，那裡給我自由，我就去那裡，不要把國家虛無想像的觀念套在我的頭上，政黨或政權只是代表人們管理國家，並不等於國家，我來到這裡，找到另一片天，我結識了一群志同道合的同鄉移民，我的眼界打開擴闊了，領略到外面繽紛多彩多姿的世界，但是發生了一件悽慘的事情。」

「什麼悽慘的事情？」

「那個廢柴強姦了我。一個晚上我借酒消愁喝醉了，他乘機強姦我，還有了孩子，我發覺後怒氣衝天，跟我的同鄉說發誓要落掉他，但是同鄉勸說落孩子會拖垮身體，影響日後的發展，我懷著不滿和悲憤生下那臭小子，之後他的事情我就不管不理，努力裝備自己，我重新回到學校上課，專心念英文和小時學過的法文，後來決定念中學，當我拿到畢業證書，心裡覺得充實，怎料當晚那個死丫頭跟她爸爸宣布她拿到好成績，順利進入大學念書，我聽了滿不是味兒，怒斥她說：『我也很會念書，我衹是嫁給你爸爸那個無用鬼，才沒有機會。你漂亮？我年輕時比你美麗一百倍，你踐什麼？』那個忤逆女反唇相譏，我恨她沒大沒小冒犯了我，賞了她一下耳光罵她做賤貨，之後幾天，我不斷地想他們一家都是我的剋星，我衹是個外人，要是我再跟他們糾纏不清，就永遠沒有出頭的日子，況且那個廢柴又不愛我，他衹愛臭丫頭，留下來也沒有意思，我愈想愈氣便決定離家出走，尋找自己的新生活，後來我跟那廢柴離婚，接著我勤力工作，才有今天的成就。」

阮曼華胸口起伏不停，雙眼憤然，一口氣說完，好像放下了心頭大石，室內靜謐無聲，忽然被手機音樂鈴聲打破，她滑了手機，認真看清楚，變了變臉色，倏地回復神色自若說：

「還有什麼事情想要問？我要下班約會呢。」

「你不想知道鍾學儒犯了什麼事情嗎？」白揚好奇地說。

「不用了，我已經猜到。」

「猜到什麼？」白揚追問。

「你們不是說過事情跟那個死丫頭有關嗎？那個變態廢柴會強姦我，當然也會對死丫頭下手，他是個人面獸心無恥的偽君子老淫蟲，連親生女兒也不放過，他犯的罪行就是強姦了忤逆女，天有眼，真是報應啦，那個忤逆女違反人倫，不知孝親敬親，是天公代替我懲罰她，活該遭到天譴畀天收，而且還被她尊敬的爸爸施暴，真的很爽。」阮曼華面目猙獰，嘲諷地笑說。

如嫣聽得頭皮發麻，寒毛直豎，連忙吩咐白揚收拾東西離去，阮曼華仍然自鳴得意，對著窗外的風景冷笑。

二人駕車回警察局。

「話說回來，阮曼華怎會猜到？我們沒透露半點端倪啊。」白揚不解地問。

「不是猜到，是有人告訴她。」

「你怎知道？」

「昨晚的派對她跟幾名達官貴人交談甚歡，情誼非淺，她祇要向他們打聽便知道結果，剛才去到談話收尾時她收到簡訊，她看過後變了一下臉色，之後胸有成竹說出鍾學儒強姦了鍾素紋，那就是簡訊的內容。」

「這次收穫也不錯，阮曼華給與的供詞揭示了鍾學儒隱藏的性格，他表面知書達禮、懦弱忍讓，行為謹慎的謙謙君子，但是內裡占有慾卻非常強烈，他會不擇手段奪取他所要的東西，正如阮曼華說他會強姦她，他也會為了永遠占有女兒便強姦她，他是雙重性格，這就是結論。」

「還有其他證人呢。」

「什麼?不是可以結案嗎?」

「不,我們要清楚了解鍾學儒的性格,下一個要偵訊的證人是鍾學儒的女朋友。」

# 旁觀者

## 爸爸的女朋友

如嫣二人駕車抵達西面一處舊區，有些樓房還是上世紀六、七十年代的建築物，這裡傳統地保留專賣南北雜貨、山珍海味一條街，還有幾間藥材批發兼營門市零售的公司，他們來到其中一間店鋪向店員問：

「您好，我們想找邵月凝小姐。」

店員對著一名斯文清秀、年紀四十出頭的女子叫喊了一聲，女子走前查問，如嫣表露身份來意，女子向東主請了假，一起去到附近麥當奴快餐店傾談。

「請問鍾先生發生了什麼事情？這幾天我找不到他，他的手機停用了，我到他的醫館見不到他，查問顧店的老伯，他卻守口如瓶，也找不到他的兒女詢問，他們好像一起失蹤了。現在驚動了警察來偵訊，他是否犯了什麼事情？」邵月凝皺著眉頭，憂心忡忡問。

「只是一些小事情。你是怎樣認識鍾學儒？」

「大約半年前鍾先生到來尋找一些四川道地特有的草藥，第一次是我招呼他的，當時我們談得很投契，以後他每次到來都會找我，混熟了才知道我們都是從強國逃到II市再移民到這裡，不過我小他十多年，我是四人幫被打倒後，改革開放時期出生的。」

「你是四川人？」

「不，我是邵陽市人。」

「啊，湖南邵陽的『邵氏孤兒』或『邵氏棄兒』很……很……。」如嫣突然辭窮了。

「很惡名昭彰。」邵月凝淡然接話。

「事件能在維基百科也查看得到。」白揚機敏說。

「你不會也是……？」

「是，我是邵氏孤兒的受害者，我是未婚先育，孩子被搶走不知所蹤。在那個年代，政黨認為國家人口太多了妨害發展，確定了一孩政策，設立了『計生辦』部門控制人們只能生一孩，直至到了2013年農村仍然充斥著嚇人的標語如『普及一胎，控制二胎，消滅三胎』、『一人超生，全村結紮。』、『寧添十座墳，不添一個人。』、『誰不實行生育計劃，就叫他家破人亡。』」

「真的驚心動魄，很血腥。」

「在一孩政策下，邵陽市計生辦部門到處搶走超生的嬰兒和未辦結婚登記生下的孩子，通常他們跟各處村幹部都有聯繫，村幹部熟知村民的家庭狀況，再由他們帶路，計生辦出頭，冠冕堂皇地強搶目標家庭的嬰兒，得手後再逼令父母繳交近一萬元社會撫養費贖回嬰兒，但是窮鄉僻壤的村民根本交不出巨額罰款，無能為力看著骨肉被搶走，強行沒收，他們利用政策的特性壓迫別人獲得利益。」

「那形同綁架勒索呢。」

「但是計生辦這些國家公務員明知收不到罰款，更大的利益將強搶到手的嬰兒交給福利院，福利院會偽做文件，更改嬰兒的身份做棄嬰，通過國際收養途徑渠道，交給境外的外國人收養，每個嬰兒收取贊助費三千塊美元，計生辦人員從中賺取一千塊美元，外國領養人並不知道他們的善心被利用拆散別人的家庭，讓人上下其手竊取金錢，農村幹部、計生辦部門、福利院環環相扣合作無間，他們嘴裡說得很好，實際做著最骯髒的事情，將搶嬰到賣嬰的非法勾當扭曲、包裝成為合法行動，建構一條完善的利益鍊條，有記者追問當地官員是否別有內情，官員乾脆地回答：『計生辦也得創收。』」

「那些沒有被父母贖回及未被收養的嬰兒怎辦？」

「所謂棄兒通通送到福利院等候收養，院方統一將所有嬰兒改姓邵，是邵陽城的『邵』。現在又宣傳打著發展國家的口號，強逼利誘人們要生二孩、三孩，他們當人們是什麼？是牲口？。」

如嫣啞口無言，半晌問：

「之後你怎樣？」

「我掙扎求存念到中學畢業，想著憑自己的努力養活自己，鄧小平鼓動說『先讓一部份人富起來。』再帶動其他人富起來，其實祇是讓特權階級合情合理地富起來，在那裡沒有裙帶關係，沒有攀附權貴，沒有高層親屬的關係，根本就有沒有機會和資本富起來，分享經濟發展的一杯羹，他們實行是權貴資本主義，卻把它說成有中國特色的社會主義，由鄉鎮到城市形成一個個大大小小封閉的利益集團，排斥外人，如紅二代、太子黨、上海幫等內部關係網絡保障利益，他們占盡資源，吃掉了人們的利益和努力的成果，經濟騰飛專屬於一小部份特權階級享有，民眾祇是勞動力資源被剝削的一群，為特權階級服務、繳稅和犧牲。」

「強國的行政費用佔國民生產總值的比例是25.6%，印度6.3%，美國3.4%，日本2.8%，行政費佔去四份一，他們消耗巨大人民的生產力用來監控人民，確保政權安全。」

「那麼你怎樣去到H市？」白揚接口問。

「我是利用H市每日接收一百五十人的方案去到H市。」

「那是專為家庭親屬團聚而設。」

「在那裡祇要地方政府的領導說了就算數。」

「但是還要有圓方兄疏通疏通才行嘛」

「我年輕時略有姿色。」邵月凝低著頭小聲說。

氣氛變得很凝重，大家靜默了好一會，如嫣打破僵局問：

「你認識的鍾學儒是怎樣的人？」

「我覺得他是個謙謙君子，和藹可親，為人溫文儒雅，學識淵博，時常為別人著想。」

「他沒有缺點嗎？」

「他總是壓抑自己，忍讓別人，不會隨便發脾氣，不太強勢，很容易被人欺負。」

「你知道他有孩子嗎？」

「知道，還見過他們。」

「你的印象如何？」

「他兒子很有禮貌和教養，長得俊秀有點像他，他的女兒完全不像他，帶點外國混血兒的漂亮，很有學識的樣子，她對我有點高傲，我想是女人看女人的緣故，我感到她暗地裡跟我較勁，我沒有跟她相處得很熟絡，畢竟我跟她爸爸是同輩，她禮貌地跟我保持距離，不過……。」邵月凝停下來思索，像斟酌用辭。

「不過什麼？」

「那祇是非常個人感覺，不能當做證詞。我覺得他們父女親子關係異常親密，有時當他們走在一起，很自然地產生一道無形的氣場，只容得下他們二人，我感到自己是局外人，沒法參與或干擾他們，而且她看她爸爸時總是秋水盈盈，鍾先生跟兒子則較為生疏。」

「那麼她爸爸看她時怎樣？」

「跟看我時沒有分別，他總是從容不迫，謙和有禮。」

「你們發展到什麼階段？」

「嗯，雖則未說到談婚論嫁，但也提及未來規劃。」

「是什麼規劃？」

「一起到外地別處開一間中醫館，他做醫生，我做掌櫃抓藥，老鋪交付給她女兒和王伯打理，他說萬事起頭難，不能讓女兒為創業受到挫折。」

「有沒有人知道？」

「未成事實，我沒有跟人透露，我不知道鍾先生有沒有跟人講過，包括他的兒女。」

「他有沒有談及他的過去？」

「他說已離婚十年，但他沒有說過前妻一句壞話，祇是說自己不夠好，從來未能明白前妻的心意和理想，他說八年前有再婚的機會，可是當時兒子還小，女兒仍在念書不能自立謀生，便放棄了機會。」

「再婚並不表示不能同時照顧兒女嘛。」如嫣輕輕的說。

「哪就不得而知，況且哪是過去的事情，深究也沒有意思呢。」邵月凝溫婉地回應。

「明白，我想問得也差不多了，謝謝你。」

「那麼鍾先生犯了什麼事？」

如嫣看著她憂心凝重的樣子，踟躕了一會，誠懇的說：

「你還是不知道的好，你忘記他吧。」

「你說得莫測高深，反生疑竇。」

「要是他犯了刑事罪行，你會怎樣看待？」

「不會的，他是個大好人，為人安份老實，絕不會犯下盜竊欺詐的事情，他是我的避風港，我忘不了他，我喜歡他。」邵月凝抓緊如嫣的胳膊沉著地說。

「甲之藥物，乙之砒霜。」白揚搖著頭嘆道。

如嫣看著她泫然欲哭的神情，想了一會，同情地說：

「有了結果後，我再聯絡你，到時你才決定怎樣做，答應我，好好生活下去。」

邵月凝悽然點頭，如嫣跟她交換了手機號碼離去。

「這樣好嗎？」白揚在途中問。

「不知道。」如嫣茫然地回答。

## 姊姊的前度

白揚打電話給鍾素紋的前度周先生，約定到他的中醫館見面。如嫣二人去到他位於二樓的醫館，他在門口笑著迎接他們，如嫣看他長得有點像鍾學儒，他端上清茶，寒暄自我介紹後如嫣問：

「周醫師，可否描述你與鍾素紋的關係。」

「我們是學長學妹的關係，她剛升上二年級時，我偶遇她，驚為天人，借故認識她，我們志趣相投，很快便交往，過程很順暢愉快。」周先生表情誇張地說。

「既然順暢愉快，為何又會分首？」

「我們交往了大約四個多月，一天她跟我說他爸爸反對我們交往，我反問她說現在不是封建年代，交往不需要父母之命，結婚不需要媒妁之言，她祇是直搖頭不說話，說聲對不起就走了，要是她愛我就要站起來共同對抗他爸爸。」

「那麼她傷不傷心？」

「她面無表情，不見淚痕，態度不置可否，我也不知道她傷不傷心。」

「你有沒有見過她的爸爸，跟他談論你和鍾素紋的未來？」

「可以說有，又可以說無。」

「周醫師好幽默，該怎樣解說呢？」如嫣輕笑說。

「我心懷不忿，心有不甘，於是跟蹤她是否另有戀人，她每天放學先去接弟弟，二人回到醫館，她在店鋪幫忙，弟弟做功課，大約下午四點左右一名衣著樸素，頭髮微鬈、五官端正像書生的中年男子回來，我想那是他爸爸，素紋會接過他手中的公事包，奉上香茗，男子喝過後便看診，她站在他背後學習，她很專心看著他爸爸問症開藥方，有時會發問，他爸爸會扭頭經常凝望她解釋，她一時認真，一時微笑，一時輕嗔，沒有彆扭的樣子，之後她走到店鋪後頭，我想是做飯吧，因醫館打烊後他們一家人和掌櫃吃過晚飯，二人牽著弟弟回家，第二天清早我去到她家樓下等候，看見她與弟弟一起上學，跟著回到中醫學院，全程並沒有男子等候或跟她接觸，往後二三天都是如此。」

「你是何時在她家裡樓下接她一起上學？」如嫣突然發問。

周醫師想了一會說：

「是在分首前二、三個禮拜，之前她不答應我送她回家，突然她又說要介紹她的弟弟給我認識，她說她會先送弟弟到學校才上課，約我第二天早上在她家裡樓下等她，但是那次會面毫不順利，她弟弟見到我很不高興，全程不瞅不睬很敵視我，就祇有那唯一一次我在她家裡樓下接她。」

「既然鍾素紋沒有其他人，之後你怎樣做？」

「我打聽到素紋有一天下午有課堂直至黃昏，於是假裝病人去看病，近距離觀察他爸爸。」

周醫師停下來喝一口茶，如嫣看他一眼沒有作聲，白揚搶著問：

「周醫師，你的觀察如何？」

「他說話緩慢有條理，不會嘮叨重複說話，精準地說出要點，我在等候看病時，聽到他詳細解釋病人生病的由來，說許多小病如腰背痛都是日常生活的壞習慣做成，看他開的藥方是剛柔並濟，臣藥輔君，並沒有走向偏鋒，他不是強勢的人，忍讓謙和，是很容易被女人欺負那種類型，小時被媽媽欺負，成年被女友或妻子欺負，老時被女兒欺負，他的氣質像日本作家渡邊淳一，真想不通他的頭腦竟然如此頑固，阻撓我跟素紋交往。」

「你怎樣看鍾素紋和他爸爸的關係？」

周醫師好像又在賣關子，思索整理好一會才說：

「他像以前上海男人結婚後氣勢弱於女人，妻子就是家中號令的將軍，男子漸漸養成沉默寡言的習慣，轉而把脈脈深情移放在孩子身上，若是女兒，很容易培養出不消人說的甜蜜。」

「周醫師，那是你放下身段，現身說法吧。」如嫣笑說。

「不，步警官此言差矣，那是我細心觀察，歸納得來的結論。」

「那麼根據你的細心觀察，鍾素紋到底愛不愛你？」

「她沒說過要在三十歲之前結婚，可能當時她很年輕，祇有十九歲，她從來沒有調皮地刁難我，可能她性格穩重，她沒有無理取鬧嫌三嫌四，可能我對她千依百順，根本沒有東西地方可嫌，但是，她從沒有對我的壞習慣表示挑剔不滿，最重要她沒有對我管東管西，管我的生活，她沒有把我放在心上，結論是她不愛我，不知道為什麼她會跟我交往？」周先生好像突然恍然大悟說。

「好了，終於真相大白，解開你的心結。那麼，最近有沒有見過鍾素紋？」

「有哇，就在一個月多前的醫師研討會，她看上去心事重重，我怕她介意沒有走近她，她反而主動跟我打招呼聊天，有說有笑。」

「這也差不多了，謝謝你，再見。」

「再見。」

如嫣二人起身邁向門口，周醫師叫著她說：

「慢著，還有一些要補充。」

「是什麼？」如嫣扭頭問。

「我覺得他們父女的關係有點像小津安二郎的電影。」

二人回到車上，白揚握著方向盤說：

「這個周醫師長得有點像鍾學儒，但是開朗風趣得多。」

「是啊。」

「那個渡邊淳一？」

「是上世紀九十年代初日本暢銷男作家，專寫言情小說，他那一本『失樂園』熱賣得要命，令寫作人既羨慕又妒忌，看過他的照片後，會覺得周醫師所言不差。」

「上世紀九十年代初我還沒有出世，不認識渡邊淳一也不出奇，那麼小津安二郎的電影講些什麼？」

「小津安二郎的電影是黑白色的，年分更古早，我也不知道，你上網查谷歌吧。」

## 王伯

二人來到「百草堂」，門庭凋零，生意冷清，一名老者無所事事望著街上的行人，看見如嫣踏進來連忙熱心地招呼，如嫣道明來意，他延請二人到後面的辦公桌坐下，奉上香茗問：

「鍾先生犯了什麼事情，為什麼會被警察盯上？我打電話問素紋小姐，我想她受了很大打擊，消沈得很，她說不用開店，休息幾天再算，我想就算關門不做生意，也要燈油火蠟等雜費開支，便姑且開門等一些病人拿著舊藥方抓藥，賣點普通藥物，幫補一點也好，直到素紋小姐回來應診。」王伯滔滔不絕地說。

「只是一些小事情吧。王伯很認真負責任啊，你在這裡做了多久？」

「從鍾先生移民到來，我就開始在這裡工作，算起來也有十多年了。」

「你以前也是賣藥嗎？」

「不，我以前在工廠上班，因工傷被辭退流落街頭，是鍾先生醫好我，還讓我在這裡幫忙，日間工作，夜宿這裡，鍾先生是個好人，我很感激他。」

「你也是移民到這裡嗎？」

「不，我在這裡出生的，七、八歲時老爸燒壞了那一條愛國的筋，帶我到H市，輾轉回到強國，剛好趕上了共產黨掀起批鬥殺戮運動的序幕，最先是打土豪鬥地主，鄉紳被殺，奪其土地財產，地主死光後，引蛇出洞以反右為名，批鬥知識份子為實，迫死知識子後，就假大空提倡大躍進，土法煉鋼，超英趕美，荒廢農務，鬥垮農民，農村又實施勞動計分制，依據勞動所得的分數分配糧食，餓殍遍野，之後赤腳醫生發明打雞血當補藥，民間爭相打針自我安慰亢奮，接著共產黨內鬥，批林批孔的運動，鼓動學生捲入批鬥家人長輩老師，縱容紅衛兵搞亂成無政府狀態，紅衛兵派系爭奪權勢被鎮壓，權力轉移到農民工人，毛澤東堂皇地再收回權力，他很高興就賞賜了芒果給人們，人們就對著芒果膜拜，但是全國人民慘烈地被送進十年文化大革命的血肉大絞盤，就算有幸生還，身心都是支離破碎地存活，近二十多年一連串的運動估計死了千萬人。當批鬥紅火的時候，我老爸突然醒悟，安排我偷渡到H市，吩咐我返回這裡。」王伯語氣漫不經心，像敘述別人的事情。

「後來怎樣？」

「你在這裡看到我，我當然安然到達H市，那時共產黨掀起的暴動剛平定，H市如常過日子像天堂，但珠江不時漂流著文革的屍體到H市，看到令人震驚的新聞圖片：『幾具浮屍雙手反扣在背後，五花大綁，屍身發脹如放得過多餡料的糉子，其中一具最嚇人，全身發黑，腫脹如巨型的裹蒸糉。』『穿了衣服的浮屍擱淺在沙灘上，頭部衹留下一副骷髏，手指是一條條骨，雙腳仍然存在浸在水裡，卻是又白又胖。』」

「十年噩夢人們是怎樣回想？」

「那是他們的共業，他們是沒有自我反省能力的動物。十年過去，所有人都自認是受害者，他們衹有不忿、控訴、嚎哭、追恨，卻沒有一個人懺悔的，沒有幾個人公開出來說過一聲道歉，對不起的說話。那麼兇手呢？衹有四個人，而且已經受審了，我還記得江青在法庭大言不慚說：『我是毛主席的一條狗，他叫我咬誰，我就咬誰。』四人被定罪入獄，大家都卸下重擔了，釋懷地確認自己幹過的壞事醜事都是這四個人害的，是四人幫煽動仇恨、迫害他們做的。」

「他們都患了『斯德哥爾摩症候群』病症嗎？」白揚深皺眉頭說。

「這樣的結局令掌權者至紅衛兵都認定了一件事情，他們做了錯事壞事是不須要負責，也不會受到懲罰，衹要將罪行推諉給別人，找到待罪羔羊，接著拍拍屁股走人，以後繼續蠻幹亂來，這種思想蠱惑人心，影響深遠。」如嫣輕聲說。

「之後發生8964天安門血腥鎮壓事件，軍隊用機槍坦克車殺害了一大堆人。831事件許多乘客在地下鐵站和車廂內被襲擊，示威者被蓄意射瞎眼睛、公安瞄準示威者頭部射擊，《時代革命》紀錄片的導演周冠威在拍攝其間，他的頭盔也被射中，公安甚至用槍械近距離開槍、在室內濫用武器，例如公安劉澤基用長槍，以隨時開火的企射姿勢指向示威者，這些事實都經由中外各家傳媒廣泛報導，經過情形的片子都在電視台及youtube播放，還有，女示威者在拘留期間被強姦，幾百名死因不明的跳樓、投水自殺者未獲立案調查。」

「真令人唏噓。」

「強姦女人，殺害人們，迫令地產商交出土地建築樓房，聲稱共同富裕，是變奏鬥地主，是征服者對淪陷地區施以暴行，以強權鎮壓消滅聲音，但是強國人都漠不關心，他們心裡對掌權者用暴力如取如攜、蹂躪已經習以為常，將噩運當做常態，平靜接受，繼續發他們的強國民族復興夢，只有少數人選擇躺平，無聲抗議，消極抵禦。」王伯說得風輕雲淡，平常得接近麻木。

「你在訴說以前的歷史，以上所有事情都能夠在維基百科查看得到。」白揚聳聳肩說。

「寧鳴而生，不默而死。那是他們的真面目，他們篡改歷史，扭曲掩埋事實，瞞騙後人，幸好周冠忠拍攝了《時代革命》紀錄片，那地方的歷史真相才不會被湮滅。」

「但是人們是善忘，祇顧眼前的利益。」

「我祇是講出真相，希望人們能了解過去，以史為鑑，不要重蹈覆轍。」

「那不諦是椽木求魚，刻舟求劍。2021年他們在十九大會議後，確立了第三份歷史決議，在官方文件宣佈公私企業合營的策略，再次回歸初心、實行公有制度，還有，祇有權貴、管理階層及其紅後代才享有特權，能夠學習外文外語，這就是未來。」

突然大家都一起沈默無聲，時間像冰封凍結。

「鍾先生和素紋相處得怎樣？」還是如嫣破冰地問。

「他們相處融洽，父慈子孝，鍾先生愛看書，經常自顧自研究醫書，很寡言，二人在一起時，經常交換寂靜，後來不知怎樣開始，當素紋小姐不用幫忙顧店時，愛靜靜坐在一角溫習陪伴鍾先生，指導樞瀚功課，他們很有默契，一個表情，一個動作，二人都知道對方的心意，素紋小姐祇要看到鍾先生一個微笑，也會送上微笑，心滿意足的樣子。」

「他們超親密啊。」白揚答腔說。

「後來是幾時？」

「大約是樞瀚小學四、五年級吧。」

「那麼鍾素紋有沒有男朋友？」

「我見過只有一個，是她在中醫學院剛念二年級時，之後也沒看過她交往的對象，也許她太挑剔選擇，或者瞞著我們暗中交往。」

「那麼你覺得鍾太太怎樣呢？」

「她的毛病是好高騖遠，不滿現實，心頭非常之高，看不起一般人，經常緬懷過去在越南富貴風光的日子，鍾先生對她說幾句關心話，她總是嫌他囉嗦，反過來罵他，鍾先生依然默默忍受她的壞脾氣，移民到這裡來，樞瀚出生後，她疏懶家務，變本加厲，三日一小吵，五日一大吵，吵得家無寧日，整天打扮得花姿招展，跟同鄉鬼混，她走了以後，日子過得和諧清靜多了。」

「聽說幾年前鍾先生有過結婚的機會，是怎樣的一回事？」

「是的，那是一個普通的女子，未婚，模樣踏實賢淑，他們交往半年後，鍾先生私底下跟我說有意再婚，過了一段時間還沒有動靜，我便八卦地問他再婚進展如何？他淡淡回答我說對方嫌他有二個孩子，拒絕了他，但是當時素紋小姐已經念中醫學院，樞瀚也不是幼兒，已經懂得照顧自己，根本不用額外費心，後來二人沒有來往，聽說那女子不久嫁了人。」

「孩子都知道鍾先生要結婚嗎？」

「我想孩子都猜得到，後來知道事情都告吹，他們表現鬆一口氣，打從心底裡高興，比以前更開心愉快過活。」

「鍾先生最近認識了女朋友，聽說他有意再婚，孩子有什麼反應？」

「是的，鍾先生這次都跟素紋小姐和樞瀚說了，他們反應平靜，沒有半點不滿，畢竟他們都已經長大成人，不應拖住爸爸尋找幸福。」

「明白了，耽誤你做生意，謝謝您，再見。」

「沒有這回事，再見。」

## 大同

「我們要去那裡？不是去停車場嗎？」白揚看見如嫣反方向走。

「我要去他們家裡搜尋有沒有其他線索。」

「不是已經看過嗎？我還要整理供詞。」白揚咕嚕咕嚕地說。

「你說什麼？」如嫣裝作聽不見。

「沒什麼啦。」白揚皺著鼻子跟著她。

二人來到鍾學儒家裡，如嫣直接走入鍾素紋的房間，她進門後細心觀察，直至來到梳妝台，盯著上面一張全家福合照，那是三個人一起吃綿花糖的照片，鍾學儒和鍾素紋微微彎腰站在左右，笑著親吻綿花糖，樞瀚在後面咧嘴大嚼，他大約八、九歲，如嫣愈看愈有意思，便把它拍攝下來，跟著拉開抽屜，發現一個精緻方形首飾盒，打開一看，不外是一些戒指耳環鍊子尋常物件，還有一個圓形小錦盒，她揭開它，裡面祇擺放了一條有金墜子的鍊子，那金墜子是一件立體形狀的同心結，她反過來看，上面刻了一些文字，看清楚點是寫著『xx年情人節』，xx年鍾素紋還在念中醫學院二年級，難道她摔掉周醫師後，秘密交了男朋友，不讓她爸爸知道，她將金墜子的正反面都拍攝了，放回原位。忽然聽到門鈴聲，連忙走出去，白揚已經打開門，一名穿著整齊長袖白襯衫灰色長褲，繫黃綠色斜紋學校領帶的小胖子站在門外，他神經繃緊地問：

「您好，你們是鍾樞瀚的親戚嗎？請問他在不在家？」

「你是樞瀚的同學？進來才說吧，你叫什麼名字？」如嫣趟開鐵閘，甜笑地歡迎他。

「我叫麥大同，是樞瀚的同班同學，你們是……？」

「我們是她姊姊鍾素紋的朋友，他們搬了新居，暫時借給我們住宿一段時間。」如嫣安頓他坐下，白揚拿了一杯可樂給他。

「你是樞瀚的好朋友？找他有什麼事情？」

「是的，我是他最好的朋友，這幾天他沒有到學校上課，傳他簡訊也不回覆，打電話又不接線，他最近鬱鬱寡歡的情況比以前嚴重，又不肯講給我聽發生了什麼事情，就算當我是出氣筒，對我發牢騷也好嘛，最要緊是不要憋在心裡啊，我有點擔心他，便跑過來看他。」大同垂著雙肩說。

「既然你是他的好朋友，他以前已經不開心，他有沒有告訴你箇中原因？」

小胖子皺緊眉頭，認真想了好一會說：

「他說那是秘密，要我答應不要告訴別人。」

「我明白信守承諾很重要，但是好朋友遇上難題未能解決，終日愁眉苦臉，對他的身體和心理有嚴重影響，很容易患上憂鬱症精神病啊，你要盡朋友之義幫助他，告訴我們吧，讓我們跟他姊姊商量怎樣開導樞瀚。」

小胖子聽了吃了一驚，好像從未想過憂鬱會引致精神錯亂的情況，猶豫了一會說：

「他說最近這一年經常做同一個夢，場景就在這裡。」

「怪不得他們要搬走呢，那是怎樣一個夢？」如嫣裝模作樣說。

「他說那一個夢很怪誕，夢境裡天地風雲變色，行雷閃電，他吸收了宇宙無窮力量，靈魂出竅，好像長了翅膀飄浮在半空，忽然看見一對男女在嘿咻，他飛近點看，赫然看見他媽媽跟一個陌生男人在做愛，他就驚醒了，跟著他欲言又止，想了想便合上了嘴巴，事情就是這樣了。」大同搖頭晃腦，做著手勢描繪。

「知道了，我們會告訴他姊姊，跟她商量對策。你有什麼說話要我傳遞給樞瀚？」

「請你跟他說『好兄弟，快點好回來，我們一起打籃球，吃炸雞，喝……。』」小胖子不好意思說下去。

「明白，我們會將你的說話告訴他。」

「謝謝你們，那麼我走了，再見。」麥大同起身向他們鞠躬行禮，二人點頭回禮，他轉身走了，白揚看著他下樓走遠了，輕輕帶上門酸她說：

「他形容得在打電玩，你的演技也無懈可擊呢，可以拿取電影獎座，騙得無知小孩子相信你是鍾素紋的朋友，講出心底話。」

「廢話少說，我們去找樞瀚，探聽他沒有講出的說話。」

「是的，大導演。」

在車上如嫣傳了簡訊給樞瀚，約他在寄養家庭樓下的花園涼亭見面，二人去到時樞瀚已經在等候，他容顏憔悴，無精打采，亂髮粗服，如嫣輕輕說：

「我們見過麥大同，他說你這幾天沒去上課，也聯絡不上你，他很擔心你，特地到你家裡找你，叫我告訴你『好兄弟，快點好回來，我們一起打籃球，吃炸雞，喝……。』」

「嗯，謝謝，但是我不想見任何人。」

「他沒有信守承諾，告訴我們你這一年做的夢。」如嫣仍然慢條斯理說。

「不，是我們用武力逼迫他說的。」白揚忽然插話。

「也無所謂啦，你們知道了又如何？又不能改變事實。」樞瀚滿不在乎說。

「他還說你欲言又止，好像話裡有話，哪是什麼呢？」如嫣打量他憂鬱美少年的臉龐，有點心痛。

「事情已經壞到無可再壞，我告訴你們吧，在夢境裡我看見那個女人神情愉快和滿足，十分享受的樣子。」

「你看見媽媽神情愉快和滿足，十分享受的樣子。」如嫣喃喃地重複這句說話，思考了半天，突然伸手搭著他的肩膀，樞瀚有點愕然，抬頭看她。

「樞瀚，你仔細想清楚，為什麼夢裡的背景是行雷閃電？你就會明白。」如嫣面露嘆息憐惜之情。

樞瀚漠然失神地想了一會，突然哇的一聲嚎哭起來，如嫣連忙輕輕抱著他，任由他盡情地哭，吩咐白揚將車子駛過來，車子到來，二人扶了樞瀚到後座，如嫣在旁照顧他，然後對白揚說：

「到丁醫生那裡去。」

白揚聽了大吃一驚，仍不發一言聽從指令，駕駛車子全速前進。

哀啼者

如嫣約了鍾素紋第二天到飯店跟她會面，她有點支吾，但也答應了。

二人赴約，如嫣在車子上沈默思索，白揚假裝咳嗽一聲問：

「我們不是已經確認了鍾學儒強姦了女兒嗎？他也劃了押，你還有什麼事情要問鍾素紋，那會勾起她痛苦的回憶，你在傷口上灑鹽呢。」白揚心痛地說。

「你被她的美色所迷，冲昏了頭腦，所有證據都放在枱面上，答案很清晰。」

「證據都顯示鍾素紋為了樞瀚的前途，忍辱負重，還有什麼好懷疑？」

「用一下你的腦袋。」如嫣不再搭理他。

二人上到鍾素紋的房間，寒暄後仍舊像上次的坐位，但雙方相隔比較遠，中間空出一條通道，像楚河漢界對弈，鍾素紋抱著大枕頭防禦。

「你們還有什麼要查問？」鍾素紋皺起眉，冷漠地說。

「你愛你爸爸多一點？還是愛樞瀚多一點？」如嫣對牢她的眼睛問。

「我不會回答這種無聊的問題。」鍾素紋眼裡閃了一絲驚訝，倏忽回復平靜說。

「我偵訊了其他人，發現了有許多不合理的地方。」

「有那些不合理的地方，我倒想知道。」

「樞瀚最初看見你爸爸裸體由浴室走回房間，又發覺你在浴室，已經很困擾，心裡疑惑，接著他在爸爸的百子櫃找到你的字條，上面寫著『爸，我恨你。』」

「是的，我恨他這些年對我不軌的行為。」鍾素紋有點愕然，但仍平靜回答。

「你說得對，女人會對男人不滿意的行為生恨，而且最大的恨就是男人背叛了她的感情，可是你並不愛你爸爸啊，而且他對你不倫的行為已經連續八年，要憎恨他也在最初時才是最強烈，為什麼現在又重新開始燃點憎恨的烈火？這是其中一點不合情理的地方。」如嫣緊盯著她說。

「誰說我不……，要愛就愛，要恨就恨，還要什麼理由？」鍾素紋紅著臉強辭奪理。

如嫣不理會她繼續說：

「第二天樞瀚在爸爸的電腦找到了你們六條色情不文的檔案片子，其中包你爸爸強姦你的實況，發現時間是下午四點多，跟著他跑到離島思考下一步怎做，第三天早上才報警，可是，你爸爸在第二天下午五點多已經發現樞瀚洞悉了你們的事情，接著你急忙打電話找樞瀚，不得要領，這段時間大約是十多個小時，足夠你爸爸逃亡他地，為什麼他還要等到警察要拘捕他時才匆忙跑路，這也是其中不合理的一點。」

「我們想說服樞瀚不要告發爸爸。」

「為什麼？」

「你未聽過家醜不出外傳？好事不出門，壞事傳千里嗎？」鍾素紋撇著嘴角，厭惡地說。

「明白。可是，如果鍾學儒首先逃亡躲開捉拿，再說服樞瀚放棄告發，這是進可攻，退可守的方案，以你們二人高智商的頭腦，考慮周詳，應該想到這一點。」如嫣步步進迫。

「我們就是笨。」鍾素紋說出晦氣話。

「我們？」

鍾素紋立刻閉嘴。如嫣接著好整以暇，娓娓道來：

「這是一個悠長故事，想要拆解事件的來龍去脈要由十多年前講起，你們移民到這裡來開始，你認定你媽媽是原罪者，你是受害者，她不滿現實，想要過奢華，前呼後擁受人追捧的生活，於是整天大吵大鬧，才會令家庭破碎，你們的生活被她錯亂的腳步牽著走，吃盡苦頭，有一次你媽媽發脾氣，捲起超級大風暴，你的證辭指你和爸爸躲在桌子下，爸爸用胳膊鎖著你一起睡在地上，你故意轉身抱著爸爸睡覺，你瞥見媽媽驚愕得看傻了眼，你心裡變得安全踏實，你在那時開始已經依戀你爸爸，也擲下戰書，挑戰你媽媽，你媽媽也感受到威脅，急忙應戰，你媽媽的證辭是：『我看得酸溜溜，百感交雜湧上心頭，傻了眼心也酸了，不由自主地痛哭流涕，我十分嫉妒他們的親密，突然醒覺這些年來我從沒有真正得到他的愛，他愛那個忤逆女比愛我更多。』

你們各出奇謀互相爭奪你爸爸的愛，你媽媽用男女之愛強攻搶奪，你用親子之情套牢你爸爸。」

「那又怎樣？」

「要是你認為你媽媽是作惡多端的原罪者，你卻是推波助瀾的幫凶，你爸爸才是意志薄弱、優柔寡斷的受害者。」

如嫣饒有深意看著她，冷酷地拋下註腳，鍾素紋嗤之以鼻，室內冷氣儘管足夠，她還是拿起書本搧風，白揚卻聽得頭皮發麻。

「自始你們就互相廝殺、踐踏、爭奪和對抗，其間發生了許多事情，當中最令人聽得心寒發毛的事件就是你的身體發育、月經初潮，你媽媽對你惡毒的咀咒，最令人嘆氣婉惜是樞瀚出生後，受到漠視，從來沒享受過母愛。你媽媽為了追趕你，努力進修，晚上念中學，當她取得畢業資格，喜孜孜要向你示威，你竟然宣布順利進入大學，你媽媽感到被你打倒，徹底失敗，爆發了最後的怒火，賞了你一記耳光，罵你是賤貨，那是一句侮辱的指控，包含你媽媽前半生的辛酸和失敗，可是，最終你卻得到爸爸的愛，你的證辭說：『我的臉龐紅腫了一大片，摀著臉哭泣，幸好有爸爸擁抱安慰我，那是最大的補償，我感到好幸福。』你媽媽終於棄戰做逃兵，離家出走，她的證辭說：『我不斷地想他們一家都是我的剋星，我祇是個外人，要是我再跟他們糾纏不清，就永遠沒有出頭的日子，況且那個廢柴又不愛我，他祇愛臭丫頭，留下來也沒有意思，我愈想愈氣便決定離家出走。』」

「啊，原來她有過那樣慘兮兮的心路歷程。」鍾素紋冷言冷語。

「之後你們幸福快樂過日子，直到你升上中醫學院二年級，你交了男朋友周先生，你跟他交往因為他長得有點像你爸爸，這是你迷戀你爸爸的證據，可是根據周先生的證辭你並不愛他，你們分首時你表現毫不傷心，態度不置可否，這根本就不是熱戀中女子的表現，當時你爸爸也交了女朋友，還打算向她求婚，此時你將周先生介紹給樞瀚認識，樞瀚很不高興有人搶走了你，對周先生不瞅不睬，之後你叫周先生不用在家裡樓下接你，為什麼你要在分首前二個禮拜才介紹周先生給樞瀚認識？這也是奇怪的地方。」

「這是平常社交，有什麼好奇怪？」鍾素紋挑一挑眉，輕描淡寫說。

「二個禮拜後你爸爸強暴了你，你對初次被侵犯的經過描述得詳盡細緻，簡直是一篇情文並茂，繪聲繪影的情色小文，令人耳目一新，我拿了你的證供給丁醫生分析。」

「丁醫生？那個丁醫生？」鍾素紋高聲嘟嚷。

「她是精神病科的專家。」

鍾素紋立即閉上嘴巴。

「根據丁醫生的分析，她指出證人並沒有患上卞普格拉斯症候群，該種患病者會有妄想，這種妄想來自對父母的矛盾情慾，對父母的性衝動壓抑，會將性侵犯她的親人當做陌生人，再者證人也沒有表達被強暴者應有的痛苦和情緒崩潰，反而有點沾沾自喜、暗自銷魂的感覺。接著你說你爸爸要求你性交不果，他就會自殘如撼牆壁、砸東西、翻桌子、鎚打自己逼迫你就範，可是根據樞瀚的證辭，他說你爸爸懊惱的時候，只會獨自生氣，從來不會動手動腳，隨便砸東西，你爸爸的女朋友邵月凝和周先生異口同聲說你爸爸是一個謙和忍讓的人，這是性格互相矛盾的地方，你說過被爸爸侵犯後，遇到跟爸爸外形相似的人會害怕，手心冒汗，可是一個多月前，你跟周先生在中醫研討會相遇，卻是有說有笑，並無彆扭，這也是奇怪的地方。」

「我已經刻服害怕見到與爸爸外形相似的人。」

「你的理由蒼白軟弱無力。」如嫣狠狠地反駁。

「哼。」

「我們偵訊你爸爸時，發覺他是個謙和有條理的人，說話也溫和輕柔有禮，可是當他形容如何侵犯你，及侵犯你的理由，卻用上了音域高頻的聲音說出，這是意圖隱瞞事情真相的不自覺表現，他在說謊，況且他的性侵理由很可笑，他說他在道德上沒有錯，那根本與他中醫師本業的道德相悖，這也是很重要的分歧。」

鍾素紋聽了此話發怔了。

「接著來到你中醫學院二年級下學期，我們在你的房間找到二件物證，一件是你們三人的全家福照片，第二件是附有立體同心結墜子的鍊子。」

「那有什麼問題？」她回過神問。

「我在那張三人全家福截圖，抽走了樞瀚和綿花糖，再將你和鍾學儒拉在一起，發覺你倆笑著親吻，十分甜蜜，為什麼會有這種感覺？至於那一個同心結的墜子後面刻了ｘｘ年情人節，意義顯而易見是與情人永結同心，但是我問過王伯你在那段時間有沒有男朋友，他說沒有，難道你有秘密情人？但是交往的事情總會露出蛛絲馬跡嘛，況且至今你仍然沒有第二個交往的男朋友，年輕貌美的你沒有男朋友，這是奇怪的地方。」

「我的私生活關你什麼事？」

「自此以後你爸爸會在夜裡偷偷摸摸走進你和樞瀚的房間求歡，有一次差點被樞瀚撞破穿幫，於是你爸爸間隔了一個小房間給樞瀚，你們各自有房間方便你們行事。最近這一年樞瀚做了同一個夢，對他做成莫大的困擾。」

「是怎樣的夢？為什麼會困擾他？」鍾素紋緊張地追問。

「你少安無躁，我遲點告訴你。最近你爸爸認識了一名女子，交往了半年，而且談論了二人的未來規劃，到外地定居，根據王伯和樞瀚的證辭，你爸爸已經介紹該女子給你們認識，那麼你爸爸有沒有告訴你他倆的計劃？」

「沒有，他沒有告訴我。」鍾素紋定睛看著如嫣，像盡力說服她。

「剛開始對話時我問過你，你愛你爸爸多一點？還是愛樞瀚多一點？你說我無聊。」

「我是說過這樣的話。」

「現在你想清楚沒有？可以回答我嗎？」

鍾素紋神情憂悒地看如嫣一眼，默然不語。如嫣嘆了一口氣繼續說：

「你曾經問我要是你爸爸被判有罪，會判多少年監禁，我粗略告訴你，強迫亂倫最高監禁十八年，就算有求情的理由，最少也要判監禁十年，你爸爸今年五十八歲，他出獄後，已經是個七十多歲的垂暮老人，最後的大好光陰都白白浪費掉了。」

鍾素紋的臉色變得蒼白。

「讓我告訴你樞瀚的夢，他說夢中行雷閃電，他飄浮在半空，看見她媽媽被一個陌生男子壓著做愛，神情十分愉快享受和滿足，我叫他仔細想清楚，他推理得到結果，令他接受不了，情緒失控，我將他送到丁醫生那裡去。」

鍾素紋臉色慘白，嘴唇不停顫抖，喘著大氣，歇斯底里叫道：

「丁醫生是精神病科的專家，我的天呀，告訴我，快點告訴我樞瀚推理了什麼結論？」

「為什麼樞瀚夢裡的背景會是行雷閃電？為什麼他會正面看到她媽媽的臉孔？為什麼會是她媽媽？為什麼那一次打雷半夜他爸爸會出現在你們的後面，不是前面？結論是樞瀚念小學時，跟你同住一個房間，他睡上格層架床，你睡下格床，在打雷那一個晚上，你爸爸偷偷地走進房間跟你交媾，轟轟雷聲騷擾了樞瀚，他仍在夢遊中，半夢半醒的狀態，在上面看到你倆在做愛，看見你面露愉快享受和滿足的表情，他並不了解你們當時的行為，祇是當作做夢，但是那陰影縈迴在他的心頭，長大後才知道那是做愛，他不能接受他聖潔的姊姊與爸爸有苟且的行為，於是在他的夢裡潛意識地將你的臉孔換成了媽媽的臉孔，將爸爸變成了陌生人，把所有罪行都推卸在媽媽身上，解釋是媽媽出軌偷漢子，這是他的心理防衛，對當晚朦朧地看到你倆做愛建構了一個合理的答案，藉此釋放開解自己，在他心目中，姊姊依舊永遠像天使般聖潔。」

「哎呀，樞瀚真的可憐啊。」白揚停下輸入電腦搖頭嘆息，鍾素紋淚如雨下。

「根據以上的線索及所有奇怪的地方，讓我作出事件的結論，你媽媽夢想要過上流社會奢華的生活，變得性情捉摸不定，難以相處，你從小就十分依戀你爸爸，你爸爸也將脈脈深情移植到你身上，你漸漸長大開始跟你媽媽對抗，爭奪你爸爸的愛，祇是你當時的年紀還小，不明白自己的感情，後來你媽媽棄權離場，你們父子女三人相依為命，感情日深，你迷戀你爸爸，並非鍾學儒所說是他迷戀你，他說要占有得到你，藉口是你長得像媽媽，企圖瞞天過海，你升上中醫學院二年級，你爸爸交了女朋友，令你惴惴不安，你隨便找到周先生做你的男朋友，祇因他長得有點像你爸爸，可是你並不愛他，你祇愛你爸爸，你故意介紹周先生給樞瀚認識，讓樞瀚透露給你爸爸知道你也交了男朋友，觀察你爸爸的反應，會否妒忌反對，還是處之泰然，測試你爸爸對你的愛。」如媽停下來喝一口茶解渴。

「步警官，你也不要學周先生賣關子。」白揚埋怨道。

「王伯觀察到你們的關係是心有靈犀一點通，十分有默契；邵月凝描述你們的關係是異常親密，你倆在一起時會築起一道無形的氣場，不容許第三者入侵或干擾，裡面衹有你倆；周先生形容你們父女的關係像小津安二郎的電影，他電影裡父女的關係有點變態，女兒有戀父情結，父女的深情令女兒的男朋友不能面對，當你知道你爸爸沒有激烈的反應，反而有再婚的打算，意圖斬斷你的迷戀，擺脫你跟你斷捨離，你苦無對策下，鐵定了心誘惑勾引了你爸爸。」

「什麼？你知不知道說什麼？你在侮辱素紋小姐啊，素紋小姐，你必須駁斥她對你的誣衊呀。」白揚氣憤不平地說，鍾素紋衹是低頭垂淚。

「你獻出你的初夜希望挽留你爸爸，正如周先生觀察所得你爸爸是那種會被女子欺負的男人，尤其是由他從小撫育成人，款款情濃的美麗女兒，你爸爸抗拒不了你的魅惑跟你和姦，放棄了再婚的念頭，你也在情人節買了同心結鍊子紀念你們的畸戀。後來發生了打雷夜，樞瀚無意中看到你們交歡，他推論出你是自願獻身性交，並不是被爸爸逼迫強姦，他的精神受到嚴重沖擊創傷，現今接受丁醫生治療，需要住進醫院，長期服用精神科藥物鎮定情緒。你們亂倫持續了八年，你爸爸終於抵受不了良心的譴責，道德規範的牽絆，交了女朋友想要再婚，還規劃到外地發展，希望遠離你割捨孽緣，你就寫了『爸，我恨你。』的字條放在他的百子櫃，你並非恨你爸爸性侵了你，你是恨爸爸背叛了你的感情，那是女人最痛，你們糾纏不清之際，又被樞瀚撞破你倆不倫的行為，樞瀚認定姊姊受脅迫被強姦要拯救你，決心報警，東窗事發，事情一發不可收拾。」

鍾素紋雙眼通紅，默言無語。

「那麼動機呢？鍾學儒為什麼要將全部罪名揹到身上，承認他逼迫強姦女兒亂倫？」白揚大聲叫嚷。

「白警官，我整天都提醒你要動腦筋。鍾學儒的動機是要保護鍾素紋的名聲，想要免除她受牢獄之苦，祇要他承認強迫女兒亂倫，女兒就是無辜的受害者，世人也會不問情由同情鍾素紋，她在社會依然有立足之地，人們祇會指責他的獸行，他是自我犧牲成全鍾素紋，所以他杜撰了那個可笑的性侵理由，說女兒是前世情人，他在道德上沒有錯，還有他強姦鍾素紋的片子也祇是變裝角色扮演真人秀，二人裝神弄鬼瞞騙我們相信鍾學儒是罪魁禍首，至於鍾素紋的動機是保護樞瀚，配合鍾學儒的計劃，故此鍾學儒拖延了逃亡的時間，特地讓警方捉拿，她希望樞瀚所受的打擊減到最小，可是你們的證詞太多漏洞，紙包不住火，最終事與願違。」

「素紋小姐，現在祇有你的供詞才能減輕你爸爸的罪狀。」白揚輕聲勸說。

「是，我是誘惑勾引爸爸，自動獻出初夜羈絆留住他在我的身邊，我要跟他長相廝守，我是無視道德，我是為愛而活，那還有什麼畏懼？我比那個惡毒女巫婆優秀，我懂得欣賞、感恩爸爸對我十分穩定的愛，讓我擁有任性的權力，那就是女人理想的愛情啊，她一點也不愛爸爸，甚至鄙視他無能無財無勢，不能滿足她的奢望，這個毒婦人格自私卑劣，她以為我不知道她在幹什麼賤業勾當嗎？她是個老鴇扯皮條，甘心當有錢人權貴的玩物，她的地位低下，只配給爸爸挽鞋！

這世上只有我能夠代替她獨占爸爸，其他女子也不要痴心妄想染指，既是如此，為什麼我不能愛我爸爸？為什麼我不能和爸爸結合，爸爸是我的。」鍾素紋聲嘶力竭，神情激動，失心瘋地連珠炮發。

「你們僭越了世俗設下的道德界線。」

「什麼世俗的道德界線？那麼聖經裡描述父女相姦生子又怎樣？為什麼他們沒有遭到天譴？我完美的愛情就要受到譴責？愛情沒有肉體的愛，還會完美嗎？難道我的愛是錯嗎？難道我深愛爸爸是錯嗎？」鍾素紋半瘋半癲說完後，將腦袋埋在枕頭裡抱頭痛哭。

二人無語，過了一會，白揚召喚警方將鍾素紋送到警局。

他們在飯店門口目送警車離去，白揚不解地說：

「真可惜啊，這樣漂亮的人兒，為什麼她會這樣啊？」

「女人的天性是不可理喻，充滿矛盾，追尋愛情的決心是不可阻擋，她會鄙棄道德的牽絆，明知是錯，不容於社會，也會不惜犯禁，鍾素紋就是這樣的女人。」

「還有一個問題，為什麼你三番兩次詰問鍾素紋愛他爸爸多點？還是愛樞瀚多點？」

「你這個豬頭智障，我在迫她招供，讓她自己認罪，好過我說出她誘惑勾引她爸爸的說話，那對女子是極度羞恥和侮辱。」

「你真是菩薩心腸，媲美觀音大士呢。」白揚乘機酸她，報了一箭之仇。

如嫣對他翻白眼。

「那麼鍾素紋愛她爸爸多點？還是愛樞瀚多點？」

「我怎知道？我又不是她。」

如嫣晦氣說過後，邁步開跑，白揚在後面笑說：

「步警官，停車場在另一頭。」

**後記**

鍾素紋被判進入精神科醫院，接受精神和心理輔導治療。

鍾學儒判囚二年。

《貓靈・花不語》

## 1.

一個衣不稱身的佝僂老人綳著臉，拿著二個捕鼠籠穿過廢鐵堆積如山的地盤，口中不斷叨念怨天尤人，他來到後面小山丘的樹林，樹頂沙沙作響，吹舞片片黃葉，他走進樹林深處，打開捕鼠籠，在彈弓機關鉤上生魚塊，分別將它們放置在樹腳下，跟著在林間仔細搜索，喃喃自語：

「為什麼這幾天一隻也捉不到？但是餌卻給吃掉了。」

過了一會他哈哈大笑，舔了舔雙唇說：

「還捉不到你。」

他高舉一個捕鼠籠，裡面捉了一隻白色黑黃斑塊的瘦削貓兒，牠亂抓亂撞企圖逃生，張開嘴巴不停噴氣，睜著圓滾滾的眼睛，驚恐地看著老人，他挽著捕鼠籠輕鬆地走回地盤，一隻老黃狗跟著他，對著貓兒吠叫，老人對狗狗斥罵：

「你這樣老我才不吃你，老狗嫩貓兒，食死無人知。這隻貓兒夠大隻可以吃了，今晚就燜一煲枝竹蘿蔔龍虎鳳補補身。」

老人樂不可支地自言自語，他走到一個貨櫃箱，以前是改建成地盤辦公室，現今作廢當做二十四小時保全的住所，木門開在橫向那一面的角落，木門祇有一個小半環的把手，他在左邊推開門進入貨櫃箱，右邊的鐵牆壁　開了一隻窗子，窗外樹影婆娑，直向最裡面放了一張摺疊的塑料尼龍床，上面擺放了破爛的寢具，一張有背靠的椅子，旁邊一個傷痕累累的木箱子當做餐桌，靠牆豎立著一個塑膠架子，放了小型石化氣火爐和碗筷刀子等，牆壁和天花都安裝了掛鉤子鉤上衣物，到處都是骨頭、啤酒罐酒瓶、破鞋爛襪、捕鼠籠等雜物，不時有蟑螂蟲蟻出沒，骯髒凌亂不堪像個垃圾場。

老人從垃圾堆中搜出一個藍色塑膠繩子球，他使勁抽出一堆繩子，再用刀子狠狠割斷，他在一端膠繩子索了一個圈圈，打了活結放在一旁，跟著打開捕鼠籠，伸出右手握著貓咪的頸項拉牠出來，貓咪拚命地掙扎嘗試用利爪抓他，雙方搏鬥了一會，老人按著貓頭在地上，用左手將剛才做的膠繩子圈圈套在貓兒的脖子，立即拉緊活結，把貓兒索住，然後將膠繩子掛在天花的鉤子，另一端綑綁在沒有窗子牆壁的鉤子上，貓兒祇能在地上有限範圍活動，不斷哀鳴，接著他忙亂一番，將有背靠的椅子放在接近沒有窗子的牆壁，他找出一條長繩子，一頭繫緊在對面牆壁的鉤子，另一頭繫緊在木門那一邊牆壁的鉤子，他脫掉了褲子，光著屁股坐在椅子上，再用繩子在自己的脖頸繞了二圈，細心量度繩子的長短和角度，將二邊繩子調整為大約九十度角，他左手拉著綑綁貓兒的膠繩子，貓兒被向上拉扯離地，懸空拚死地張牙舞爪，喵喵慘叫，他笑淫淫看著貓兒在半空中垂死掙扎，右手用力搓揉下體，身體緩緩挨後，最後用背靠椅子的兩隻後腳做重心，他愈挨愈後，椅子斜傾，脖子被勒索得愈來愈緊，那一種將要窒息的高潮快感非筆墨難以形容，當他快要受不了的時候，他突然向前傾下，重心回復正常，椅子砰聲著地。

他喘氣吁吁，休息了一會，重新拉動膠帶子，身體慢慢向後挨靠，一股熱氣從丹田直冲腦門，那種窒息的快感十分濃烈就要爆炸，突然貓兒怒氣地向著他一撲，他嚇了一跳，抽搐幾下……。

## 2.

楊慧晴準時回到地區社會福利中心上班，自從H市831事件地下鐵站乘客被襲擊，公安封鎖地下鐵站達三小時，不准許醫護人員進入救援，她和女兒步如嫣決定移民到U市，二人幸運地找到同樣性質的工作，以前她身居管理層，但是來到U市沒有本地經驗，祇能做回基層職位，至今已經通勤三個月，在星期一工作例會主管胡太太查詢各人的工作情況和進展。

「楊姑娘，你接手了鄭姑娘的個案，工作順不順利？」

「其他個案都很好，祇有一名叫吳仕仁的阿伯很彆扭經常鬧意氣，永遠都是嫌三嫌四，貪得無厭，投訴自己經很老了，但是收到福利金還不夠他買酒喝，時常嘮叨碎碎念政府有責任養他過世，政府不給他足夠金錢使用就是無良。」

「有些人沒有貢獻社會，反而意猶未盡要求更多。鄭姑娘，那個吳仕仁？」胡太太扭頭問鄭姑娘。

「就是以前那個吳發，二年前我接手他的個案，他已經改了新名字，到最近我才知道他以前的名字，他是福建人，他的舊名字要是用福建話念出來，意思是『我發達』，十分吉利有意頭，但是用廣東話念的意思是『不發達』，那就很倒楣霉運呢。」鄭姑娘溫柔地說。

「原來是他啊，我以前也時常被他氣得一頭煙，動彈不得，他像個未開發的野蠻人，經常拿著刀子晃來晃去恐嚇他討厭的人，鄰居都怕了他不肯跟他來往，他沒有半個朋友。楊姑娘請你務必多用點愛心和耐性應付他，免得他越級跑到上層投訴我們，到時就要提交大量報告，拜託啊。」胡太太表情無奈，楊慧晴頷首回應。

「是嗎？我倒沒看過他拿刀子，他對我挺客氣，可能我是派錢給他的財神，又可能他年紀老去收了火氣嘛。」鄭姑娘平穩地說。

「鄭姑娘，你的新崗位怎樣？你考取了物理治療證書，現今的服務對象都需要肢體運動復原啊。」胡太太立即岔開話題。

「是的，我有一個病人被車撞倒，躺在病床有半年了，腿部肌肉萎縮，我在幫忙她學走路，我要抱著她鼓勵她一步一步行走，我還設計了簡單工具加強訓練她的腿力，效果也不錯。」

「那就很好啊。你好像還有全身麻痺的病人，也需要你幫他們做四肢搓揉運動。」胡太太掃瞄文件後抬頭說。

「嗯，我留意一下。」鄭姑娘公式地回答。

胡太太再查詢其同事的情況便散會了，然後各忙各的，分別行事。

楊慧晴搭乘公共小汽車去到郊外，下車後經過一排平房，有個阿伯未到中午已經在家門口喝啤酒納涼，她走到斜對面吳仕仁當保全的地盤，這個地盤主要是存放不值錢的廢鐵如汽車、大型電器、建築廢料等，竊賊不會感興趣，故此並沒有常駐的工作人員，也沒有裝設監察電視，只有提存貨物時才有大型貨車和工人幹活，地盤門口高大的鐵閘關閉著，周圍安裝了鐵絲網，楊從側邊的小鐵門進入，她走上小斜路，路旁的樹木花朵綻放，老黃狗跑過來討吃，楊覺得很奇怪，吳仕仁每天早上都會餵食狗狗，她見牠可憐便在包包掏了幾塊餅乾給牠，牠狼吞虎嚥吃掉。

她到處尋找吳仕仁不果，趨前去到他的貨櫃箱，不少蒼蠅亂飛令她很煩躁，敲了門但沒有反應，便用力推門，發覺木門在裡面鎖上了栓子，她走到旁邊的窗子探看，嚇了一跳，窗邊竟懸掛了一隻死去的白色黃黑斑塊貓兒，牠的頸項綑綁了藍色塑膠繩子，她沿著繩子的方位向內望，看到怪異、驚心動魄的光景，她的心跳加速，吳仕仁的身體滿佈蒼蠅，劈開雙腳，光著下身，雙手無力垂下，坐在斜靠著後面鐵牆壁的椅子上，腦袋卡在凹槽裡，雙眼卻瞪著向前望，張開口，伸出舌頭，像看見妖魔受了驚嚇，他的脖子被圈了二圈繩子，二邊繩子繫於牆壁的鉤子，吳仕仁的體重將繩子拉扯得繃緊，情況好像被人施行了縊頸之刑，跟窗外被勒死的貓兒一樣，楊呼叫他沒有反應，明顯是失去知覺，她嚇得手足無措，連忙深呼吸幾下令自己鎮定，然後滑手機報警顫抖抖說：

「這裡是 x x 地區 x x 地盤，有人……有人死了。」

大風吹拂窗旁的花樹，白色花朵不斷彎腰鞠躬，像靈堂的家屬謝禮。

## 3.

步如嫣和白揚奉命來到案發現場，員警已經拉起了塑料帶子圍封貨櫃箱，走近看見一個熟悉的背影，女子轉身，如嫣愕然地叫出來：

「媽，是你報警？是你第一個發現屍體？」

「是的，你不是想說第一個發現屍體的人最可疑吧？」楊慧晴上下打量她挑撥地說。

「伯母善良如白兔，怎會殺人呢？」白揚陪著笑臉。

「你不要火上加油，你倆看見命案發生雙眼就會發光，立即同坐一條船，二人一條心。木門在裡面拴上，凶器是繩子，兇手憑空消失，那是你們最嚮往的密室殺人案件呢，不過，你們在窗子看看案發現場再說吧。」

「人家不過說了一句，你就頂回十句。」如嫣嘟囔。

「也不一定是兇殺案呢，也許是自殺。」白揚忙著找理由。

「呸，你們巴不得是連環兇殺案，兇手是個變態狂徒。」

「好佬怕爛佬，爛……。」如嫣嘀嘀咕咕走向窗子。

「你說什麼？」

「沒什麼啦。」

白揚竊笑，如嫣斥罵他：

「臭小子，笑什麼？她在罵你，爛佬怕潑婦。」

「步警官，你跟你媽很像樣耶。」白揚嬉皮笑臉回答。

如嫣瞪他一眼走到窗前，鑑識人員忙著拍照和採集證物，她查看了貓兒和遠看吳仕仁的狀況，叫員警撞開木門，如嫣進入裡面，發現那個門鎖祇是用簡單推拉原理運作，鐵鎖安裝在木門上，中間有一個『L』字型的栓子，門框安裝了讓栓子進出的中間鏤空扣子，祇要將栓子拉去右邊窗子的方向便會打開門鎖，反方向便會將栓子推入中空的扣子裡，鎖上木門，故此木門祇能在裡面鎖上。

如嫣檢視那條勒死吳仕仁的繩子，低頭在下面走過，屍體發臭，她觀察吳仕仁的臉孔，發現他的臉頰有一條幼長的傷口，好像被爪子抓過，他旁邊有一個安裝在牆上的鉤子，上面繫上了藍色塑膠繩子，一直繃緊拉到窗邊去，繩子另一端綁著死去的貓兒，吳仕仁裸露著下體，椅子上面和地下都有一些奶白色黏稠液體，如嫣看了一眼便走開，她越過另一邊的繩子，瀏覽貨櫃箱的狀況，從四邊牆壁到頂部有很多鉤子，裡面的物件東倒西歪，反轉的摺疊床，破爛的木箱，破碎的碗筷，二把大小刀子，被拆散的塑膠架子，堆疊的捕鼠籠，還有說不出名稱的雜物，好像有人曾經在垃圾堆裡尋找一件微細的物件，搞得翻天覆地，亂成一團，如嫣在垃圾裡搜索，揭開一堆瓦楞紙，走出幾隻蟑螂，她找到幾封由入境處寄來沒有開封的信件，再翻了一下，突然跑出一隻老鼠，嚇得她驚叫逃跑，白揚好心問：

「步警官，你在找什麼？」

「我看見那條藍色塑膠繩子新簇簇，想找出那一球膠繩子。」

「等一會我叫員警仔細搜索吧。」

如嫣聽罷便出去外面向楊慧晴問口供，楊告訴她詳細事發經過，還說最好查問她的主管胡太太和同事鄭姑娘，他倆曾經處理過吳仕仁的個案。

然後如嫣視察周圍環境，看見廢鐵堆後面有一座小山丘便邁步前往，白揚剛走出來便跟著她，經過廢鐵堆時發現地上有許多大小不同的零件，二人爬上小山，途中見到關上的捕鼠籠，如嫣看見前面有人影便急步走上前，一個大約十歲的男孩正在打開捕鼠籠，釋放裡面被困的貓咪。

「你好啊，小朋友，這些籠子都是你放在這裡捉貓咪嗎？」

「不是我呢，是地盤那個古怪阿伯擺放這些捕鼠籠，用來捕捉貓咪的，他會把捉到貓咪殺死烹煮來吃，手法很殘忍啊，我很喜歡貓咪，看到牠們被捉住很可憐，想到牠們會被殺害便會放生牠們。」男孩不停地搖手解釋。

「但是你怎樣知道阿伯殺害貓咪的方法很殘忍？」白揚插話。

「二個星期前我看見他捉了一隻貓咪，便跟蹤他到貨櫃箱去，他走入裡面，我到窗子偷看，看見他在垃圾堆找出藍色塑膠繩子球，拉出一條長長的繩子，綁在貓咪的脖子，再將膠繩子穿個上面的鉤子，再綑綁在後面牆上的鉤子，跟著他取出一條長繩子綁在二邊牆壁的鉤子上，他脫掉了褲子，將繩子在自己的脖子上圈了二圈像那隻貓咪，他坐在椅子上向後面挨靠，一邊拉動膠繩子，一邊……。」他愈說愈小聲，直至紅著臉說不出話來。

「一邊什麼啊？」白揚緊張地追問。

「我們知道他做什麼，你不用說了，之後怎樣？」如嫣快刀斬亂麻。

「那隻貓咪在空中掙扎了幾下就死掉了。」男孩如釋重負說。

「那個地盤阿伯怎樣？」

「他向後挨靠了幾次，每次都是自動向前方彈回，椅子跌落在地上。」

「為什麼會這樣？」白揚又再大聲提問。

「我不知道啊，我不敢將腦袋伸得太高偷看，害怕他看見我，我祇看到他的上半身的動作，所以我不清楚呢。」男孩有點被嚇倒。

「這已經幫了很大的忙啊。」如嫣柔聲安慰。

「你們是什麼人？」
「我們是警察。」
「你們到來做什麼？」
「我們發現那個地盤阿伯虐待貓咪，特地來捉拿他。」
「真的好了，貓咪有救了，怪不得貨櫃箱那邊有這麼多人。」男孩喜形於色地說。
「你也早點回家，不要走到那邊妨礙警察辦事啊。」
「知道了。」
二人跟男孩道別，看見男孩走遠，白揚挖苦說：
「你說謊的本領越發厲害了，騙完大同，又騙小男孩。」
如嫣瞟他一眼，慢條斯理說：
「從男孩的口供可以肯定是有藍色塑膠繩子球。」
「我們下一步怎麼辦？」
「我們先去偵訊地區社會福利中心的主管胡太太、同事鄭姑娘，你打電約他們明天下午在福利中心見面吧。」
他們回到貨櫃箱現場，吳仕仁的屍體已經送走，陳法醫取證完畢匆忙對他們說：
「我這段日子很忙，你們過二天到我工作的醫院拿取報告吧。」

「你還沒有給我們初步報告。」白揚情急地說。

「一看就知道死者是窒息而死，我只是個兼差法醫，還有許多正經事要辦。步警官，好好管教你的部下。」陳法醫匆匆離去，如嫣看她走遠才開口：

「法醫很搶手呢，那是一個厭惡性職業，不是很多人能夠消受得了各式各樣恐怖屍體，吳仕仁的那個死狀，我看了覺得噁心。」

「明白啦。」白揚悶聲回答。

**4.**

第二天員警報告沒有找到藍色塑膠繩子球，地盤沒有監察電視，不知道何人曾經到過那裡，白揚開腔報告：

「死者叫吳仕仁，男性，六十三歲，職業是地盤保全，曾經坐牢，結過一次婚但離異，半年前再婚，妻子叫李嬌嬈，住在市區。」

「男孩說看見藍色塑料繩子球，現場卻找不到；木門被拴住，門栓子只能在裡面運作鎖上木門，現場是一個密室；死者臉頰上祇有一條幼小的爪痕；現場異常凌亂，連床子寢具、當作餐桌的木箱、碗筷廚具也被搜索得亂七八糟。」如嫣熟練地旋著筆桿說。

「找不到藍色塑膠繩子球，是有人帶走它；木門鎖上，門栓子祇能在裡面運作，若不是吳仕仁拴上木門，就是有人裝置了密室；吳仕仁臉頰有爪痕，是貓咪抓傷他；現場異常凌亂得反常，有人在找一樣物件，結論是吳仕仁不是因變態手淫方法意外身亡，是疑兇當他手淫時闖入貨櫃箱，將貓咪抛在他身上，嚇得他突然向後面挨靠，讓他被自己的繩子機關勒死，疑兇在現場搜索，之後布置了一個密室，令吳仕仁看似是意外死亡，其實是一宗他殺的謀殺案。」

「你解釋那些疑點很合理，但沒有解開兇手為什麼要帶走藍色塑料繩子球？而且結論有矛盾，要是兇手闖進貨櫃箱，他祇要把吳仕仁坐的椅子推向後面的牆壁，他就會被自己的機關繩子勒死，更直接是握著吳仕仁頸項的繩子，左右用力將他勒死，何必利用貓咪做殺人兇器？」

「我要仔細再想清楚。那麼兇手尋找什麼東西呢？」

「那東西一定很重要啊，兇手竟然要為它殺人。」如嫣笑說。

「那麼兇手會是誰？」

「現在怎知道？我們就是要偵訊證人找出嫌疑人物。」

二人來到地區社會福利中心，他們先偵訊主管胡太太，她簡單迅速報告了吳仕仁個人背景及福利中心檔案的資料。

「警方須要家人認屍結案，要是不找到他的妻子，那就要麻煩胡太太你了。」如嫣閒話家常地說。

胡太太聽了氣急敗壞，連忙鉅細靡遺翻閱吳仕仁的檔案，她查看了好一會，鬆一口氣說：

「他三十多年前結過婚，育有二子一女，十多年前犯事坐牢離婚，半年前又再結婚。」

「什麼？他身世寒酸貧困，年邁又猥瑣，收入微薄要領福利綜援金過活，竟然還有女人肯嫁給他？」白揚驚訝說。

「哪就不得而知啦，那是他的私隱。」胡太太眨一眨眼，言不由衷說。

「他犯了什麼事情要坐牢？」如嫣拉回正題問。

「這裡祇說是傷人罪，判囚五年。」

「請給他以前家裡和妻子的聯絡資料給我們。」

「好的。你們還有沒有什麼事情要知道，我要去開會啊。」

「謝謝，沒有了，麻煩請你同事鄭姑娘到來。」

不一會，一名年輕清秀的女子進來，大家寒暄交換了名片，如嫣祇是詢問同樣的問題，補充遺漏不足，但沒有取得額外的線索，不一會便偵訊完畢，離開前胡太太交給聯絡資料，二人出發去偵訊吳仕仁的家人。

「鄭姑娘長得很端莊啊。但是那個猥瑣阿伯是件極品，竟然有人會嫁給他。」白揚握著方向盤，一臉不解說。

「其實那種事情你想也不要想，也不值得羨慕呢。」

「為什麼？」

「你想一下為什麼他結了婚，不跟老婆一起住？」

「他老婆不想住在腌臢的地盤，他老婆仍沒有取得此地長期居住證件，滯留在別的地方等候。」

「笨蛋，入境處寄過幾封信給他。」

「步警官，你最愛裝模作樣扮高深。」

如嫣不再理睬他，二人來到一條公共屋村，上到吳仕仁家人的公寓，按了門鈴，不一會，一名初老、臉上有一道打斜、明顯刀疤痕的婦人應門，疑惑地看著他們，白揚連忙亮出員警委任證表明身份，婦人請他們進屋，主客坐下寒暄，一名少女從房間出來坐在婦人旁邊，握著她的手。

「蔡女士，請問你們認不認識吳仕仁？」

「這裡是姓吳的，但是沒有吳仕仁。」婦人抬頭回答。

「他以前的名字叫吳發。」如嫣想了一下說。

「我們不認識他，你們走呀，走呀。」少女倏忽起身激動地驅趕他們，婦人拉她坐下，少女摟著媽媽哭泣。

「他是我前夫，你們有什麼事情？」

「他意外身亡了，想請你們去認屍確認。」

「活該，真是天有眼，但是我們不會去認屍。」少女咬牙切齒說。

「你們跟他有沒有聯繫？」

「自從那件事情後，我終於能夠跟他離婚，之後申請調遷到這裡居住，換掉了工作躲避他，我娘家也搬家以免日後他上門糾纏，斷絕與他的親戚來往，跟他以後再沒有見面了。」婦人憂悒地說。

「是那一宗傷人事件？」如嫣看著她臉上的刀疤痕。

「你早已知道，何必再問。」婦人幽幽的說。

如嫣啞口無言，感慨萬千，不知如何接腔，氣氛十分尷尬，少女突然大聲說：

「既然你們這樣想知道，我就告訴你們，那個人渣敗類是社會的負累，他殘暴不仁，毫不顧家，我們的童年都是悲慘度日。他年輕時沉迷賭博，又愛喝酒，不拿錢養家，還向媽媽苛索金錢，媽媽經常厚著臉皮到娘家借錢，又將我們在慈善機構領取的物資轉賣換錢再去賭博，他輸了錢就對我們嚴厲家暴，每餐祇有醬油拌飯果腹，如果一次加太多醬油就會被他吊起來用藤條毒打，經常發脾氣抓我們撞牆，有時還會拿著刀子晃來晃去，敲打牆壁威嚇我們，說要扭下媽媽的腦袋，給我們做個不聽話的教訓，他賭錢贏了會高興說：『要不要外出吃飯，反正是最後一餐。』我們被他嚇得膽顫心驚，不敢招惹他。」少女淚流滿面說。

「不要再說下去了。」婦人哀求她。

「不，我要說下去，這十多年來我們對他避而不談，抑壓自己，惶惶然害怕他突然找上門，他是隻鬼魅，已經成為了我們的的心魔，縈繞心裡的怪獸，經常噬咬傷害我們，現今我們說出來，才能釋放自己，心裡好過一點，我們對他祇有恨意。」

「你不要太勉強，壓抑自己。」如嫣體貼勸說。

「有一次他喝醉了酒，竟然想強姦我，媽媽為了救護我，抄起了摺凳在背後拍打他，他惱羞成怒到廚房拿了菜刀迎頭劈向媽媽，幸好媽媽及時避開，但也被他砍正臉孔，血流如注，哥哥為了保護媽媽用刀捅了他的腹部，他倒地不起，後來他被判囚五年，哥哥判囚二年。」少女泣不成聲。

「他死去，事情也結束了，不過，你們也要放下心結才能永遠結束。」

「多謝你告訴我們這個好消息，不過，我們絕對不會去認屍。」少女堅決的說。

「明白。你哥哥在那裡？」

「他們都在外地打工。」

「那麼打擾了，謝謝你們的合作，我們先告辭，再見。」

## 5.

二人走去停車場，白揚皺著眉說：

「吳仕仁真是個人渣敗類，留他在世上簡直遺害人間，他的家人不是兇手，那個殺死他的人簡直是周處除三害。」

「別激動義憤填膺，我們還是要找出殺死他的兇手，我剛收到同事的簡訊說根據吳仕仁的手機紀錄，找到他唯一的朋友和妻子，他朋友答應到來警局問話。」

二人來到偵訊室，證人是一名小個子瘦弱的白髮老人，他醉眼醺醺，好像剛喝過酒。

「張先生是吳仕仁的朋友，認識他多久？」

「也不算是朋友啦，他那副德性，誰敢做他的朋友啊，我認識他大約一年，那是他開始在地盤當保全，我住在地盤斜對面的村屋，大家見面也會打招呼，後來臭味相投一起研究馬經，他有時會叫我去吃補品，起初我不知道補品的來源，了解後不敢再去赴宴，他怎麼啦？」

「他死了。」

「他死了？是不是被繩子吊死？」老伯瞪大眼睛說。

「你怎會知道？是你殺死他。」白揚起身抽著他的衣領說。

「是報應啊，他做了那麼多陰騭事情，那些貓兒的陰靈來報仇取他的性命，一定是貓兒的陰靈附上了他的身體，控制迫使他投環自盡，罪過，罪過。」老伯合掌虔敬地拜拜，白揚覺得彆扭放開他。

「為什麼貓兒的陰靈要殺死他？」如嫣氣定神閒問。

「他叫我吃的補品是龍虎鳳，虎就是貓兒，那是他從後山用捕鼠籠捉來的野貓，有一次他叫我幫忙燜補品，我走進貨櫃箱背脊立刻打了個寒顫，他殺死貓兒的方法十分殘忍，他在貓兒的脖子綁上繩子，掛在鉤子上，將貓兒拉上扯下玩弄，貓兒被吊起叫聲淒厲，直至他玩厭了便出盡氣力一扯，貓兒突然懸掛在半空，哀鳴幾聲掙扎幾下就死掉了，我看了冷汗直流，借故走了，最近他力邀我吃補品，他說他中了賽馬三重彩贏了錢，不過我拒絕了，我要積點陰德，想收尾二年會有好死。」

「是什麼時候的賽馬？」

「上個星期六。」

「那一場？」

「第四場大熱門，每一張彩票祇不過派獎金三萬多元，那不是很多錢啊，比起其他三重彩的派彩十幾萬元差許多呢。」

「你有沒有見過那張彩票？」

「沒有，這幾天也沒有見過他，我在家裡喝酒躲著他，不接聽他的電話，不想吃他的補品，還想過返鄉下住幾天避開他。」
「你住他斜對面，有沒見到有人去地盤找他。」
「上星期六有些大型貨車進出地盤，星期日是假期……」
老伯停下來回憶，想了一會兒說：
「我記得星期日那天中午在二樓睡房喝醉了，熄燈上床睡覺，睡了不知多久突然醒來覺得口渴，起床飲水，從窗口瞥見一個女人走上地盤的小斜路，跟著回上床再睡覺。」
「那是什麼時候？」
「我不知道什麼時間，我沒有看鐘，也沒有看天色，我醉得頭昏腦脹，只看了一眼，不過……。」
「不過什麼？」
老伯停下來思索，跟著說：
「我記得地盤的那幾棵樹開的花是紅色。」
「我們問完了，麻煩你，張先生。」
「不麻煩。」
老伯吃力起身，突然跌倒在地上，如嫣上前扶起他，吩咐員警送他回家，她的手機鈴聲響起，是陳法醫的簡訊說驗屍報告已經做好，如嫣回覆馬上去拿取。
「已經過了下班時間了，陳法醫還在工作？」
「我們也在超時工作呢。」
「我們是廢寢忘食的警察嘛。」白揚理所當然說。
如嫣輕笑一下，忙著滑手機給媽媽說晚一點才回家吃晚飯，跟著偷空瀏覽新聞。
「有什麼重要新聞？」白揚隨口問。
「只有一單地盤鷹架倒塌跌死人，其他也沒有什麼啦，除了H市的新聞。」
「你怎樣看那個老伯，他會不會是兇手？」
「他有什麼動機要殺吳仕仁？」
「唔，我想到二個動機，一是他不恥吳仕仁殘殺貓咪，為貓咪報仇，二是他覬覦那一張賽馬彩票的獎金。」
「老伯是個信天、信命、信有報應的人，相信舉頭三尺有神明，他討厭吳仕仁殘殺貓咪，但是如果他動手殺死吳仕仁，他也犯了殺戒，他相信上天也不會放過他，這是他的道德底線，不像強國人不信天不信鬼神，無法無天，恣意妄為，大開殺戒，草菅人命，二是那張賽馬彩票的獎金三萬元對他是小數目，犯不著為它殺人，三是他是個酒鬼，小個子瘦弱無力，經常喝醉酒步履不穩，神智不清，他怎可能有能力對付吳仕仁和布置密室呢？」

「我想到兇手把貨櫃箱搜索得翻天覆地的原因，就是要找到那一張彩票。」

「那麼兇手為什麼要帶走藍色塑料繩子球？」

「那個疑點還要更多線索才能解開。」

車子來到醫院，他們上到陳法醫工作的樓層，經過病房看見社福中心的鄭姑娘為一個無知覺的病人不斷翻身，搓揉手腳做物理治療，她的表情怨憤不平，他們前往實驗室找到陳法醫。

「死者吳仕仁坐在椅子上用繩子圈住頸項，椅子突然向後面傾斜擱在牆壁上，身體和椅子的重量令繩子拉緊，效果就如上吊壓迫呼吸道和頸動脈，引致腦部缺氧，窒息死亡，死亡時間是星期日下午二點至六點，那些奶白色黏稠液體是他的精液，結論是死者為了追求將要窒息死亡的性快感，脖子被繩子勒住窒息而死，詳情看報告。」陳法醫擲下報告說。

「剛才我在病房看見社工為一個無知覺的病人做物理治療，那個是什麼病人？」

「是的，她是志工，經常為他翻身防止他身體長久躺下不動引致的壓瘡，又稱褥瘡，褥瘡可能深入骨頭及感染，嚴重的會引發敗血症致死。那個病人是植物人，叫朱啟賢，十多年前遇劫被賊人割破脖子的大動脈，失救變了植物人，他的家人都移民走了，祇留下他一個，變成政府的責任，這二年才有好心的鄭曉媛姑娘來看他。」

「我們走了，你也不要太奴役自己超時工作，要保持健康啊，社會須要你。」

「走吧，討厭鬼，貓哭老鼠。」陳法醫笑著說二人離開時病房已熄燈，分首時白揚總結說：

「驗屍報告指吳仕仁的死亡時間是星期日下午二至六時，張伯就是在那時看見女子，那麼女子會是誰呢？」

「明天再研究。」

## 6.

華燈初上，街上車水馬龍，人來人往，如嫣拖著疲乏的身體回家，吃過晚飯她攤在沙發上休息，楊慧晴起勁地滑手機，她有氣無力問：

「媽，經過一天辛勞的工作後，你還是充滿活力滑手機，跟朋友聊八卦。」

「呸，我在辦正經事情跟同事群組聯繫開會，上星期有地盤的鷹架倒塌，死了一人，十多人受傷，我們在商量如何分配工作的個案，預備今個星期做家訪呢。」

「我今天在醫院看到鄭姑娘，她是個怎樣的人？」

「據聞她是本地人，中學時跟繼父和母親移居到H市，二年前才回流，今次地盤工業意外沒有她的份兒，她也積極幫忙，是個好姑娘。」

「你們真是秉承H市的工作拚搏專業精神，在家裡也超時作業。」

「少廢話挖苦，你的工作進展怎樣？」
「我的工作是秘密。」
「我也是案件的受害者。」楊慧晴理直氣壯說。
如嫣噗哧笑出來說：
「有什麼新聞？」
「你想聽嗎？是關於H市的，反送中運動其間大埔有男子不滿男女三人在隧道連儂牆張貼文宣，與他們爭執後回家，拿取牛肉刀折回襲擊三人，女子自衛撥開他的刀子，兇徒插穿女子的肺部，生命垂危，兇徒逃返大陸，一日後返回H市自首，送上法庭，最近法官判案時稱兇徒因為女子撥開他的牛肉刀，才令兇徒情緒失控插向女子，法官稱讚兇徒返回H市自首，是高尚情操的表現，減刑三個月；有中年計程車司機故意駕車衝上行人路，撞斷一名女示威者雙腿，公安稱未能證實司機故意行事，故此未被起訴，涉事司機後來獲人獎賞幾十萬元，還稱讚他替天行道；有交通公安駕著機車突然轉彎逆向撞向示威人群，未被懲罰；示威期間，有途經市民被公安攔截，公安用荒腔走板、九音不全的香港話盤問市民。」
「駭人聽聞，是否外省公安偽裝？」
「2017年雨傘運動之後有陳姓公安投訴示威者：『我形容啲家係第二次世界大戰，我哋係猶太人，我哋啲家被迫害緊，被德國納粹軍隊迫害緊嘅猶太人。』；2019年有一次公安開新聞發佈會，一個頭目大聲說：『為啥咁L多人。』記者嚇了一跳，面面相覷，大家都是斯文人嘛，之後記者爭相發問關於721和821事件，該頭目怒道：『呢個場係我哋嘅，唔係你哋嘅。』大家鴉雀無聲，以為自己一個不小心誤闖了幫會收保護費睇場的地盤，隨時會被毆打。」

「每下愈況。」

「還有更不堪呢，公安公共關係科發言人江某接受《有線電視》訪問，他說：『大家見到危險嘅時候，係可以擰轉頭走，但係我哋見到危險，係責無旁貸要上前處理，逃避唔係一個選擇！』記者老實不客氣秒殺他說：『咁721事件嗰兩位警員都係逃走咗㗎。』江某眼神呆滯空洞，斷斷續續說：『我唔叫當時嘅情況係逃走……大家可能要將個畫面拉闊啲……係……係由一班人……帶一班……示威者……入去元朗而牽引成件事。』」

「還有更差的嗎？」

「以前H市的警隊被稱讚為亞州最優秀的，可是，有二件事情只要能並列入史冊，後世史學家必能明白2020年H市公安的腐敗，司法的崩壞，其一是公安高某一家人居住在公安宿舍，女兒二十二歲已成年，中學一年級時輟學，一天她收到郵便局通知領取郵包，她拿取到郵包時當場被捕，因包裹裡面是毒品，她被控涉嫌販毒，這樣嚴重案件不交給高等法院審理，已是可疑，但是上庭時律政司居然申請撤控，負責的裁判司坦言說不能接受，要求律政司法律顧問上庭解釋，其解釋為公安的女兒事前並不知道郵包裡面是毒品，故此她是無辜的，郵包亦未能當做證據，況且律政司有絕對權力撤回控告，沒有提控就沒有案件啦。」

「那麼第二件呢？」

「2019年反送中期間一名十六歲少女x小姐報稱在荃灣警署遭公安強姦，事後珠胎暗結。x小姐委託律師報案，醫護證明她在醫院合法墮胎，警方也從胎兒取得DNA樣本，x小姐曾追問調查進度，但公安拒絕披露。2020年1月16日，公安總頭目在中西區區議會上稱，該案正循「誤導警務人員」和「作假口供」方向調查。5月12日，該總頭目出席元朗區議會會議，說律政司已指示警方以涉嫌作假口供拘捕x小姐，但女事主『已經潛逃』，正被警方通緝。」

「這裡有盲點。」

「盲點在那裡？」

「一是x小姐不必要為了合法墮胎，編派故事訛稱被公安強姦，這是超高難度的舉動，況且指控強姦的前提不包括懷孕，二是若然總頭目認為x小姐作假口供誣陷公安，這是侮辱公安，那麼總頭目應該非常憤怒，會馬上公開x小姐通緝犯的身份，可是從一月到五月這幾個月他也沒有半點反應，答案昭然若揭。」

「這是共產黨卑劣的扣帽子手法，將原告打成被告，指鹿為馬，但是以個人的力量對抗手執龐大公共資源的政府是一場艱鉅的苦難。」

「聽到這種顛倒是非的消息真是愈聽愈灰，越加沉重，感到無奈又無能為力，使人鬱悶又憤怒，H市的人都是大時代的亂離人。」

「不，H市還有許多心知肚明的人不承認被剝奪自由被打壓，反而認為正在享受人生呢，他們是裝睡的人叫不醒。早點睡吧，我們在U市這裡先做好自己，裝備自己，才能應付局勢變幻的未來。」

## 7.

第二天如嫣回到警局，員警報告說已找到吳仕仁的妻子及帶她來到警局問話。

如嫣和白揚走進偵訊室，吳仕仁的妻子臉上施了胭粉，穿了一條花斑斑的裙子，高跟鞋，徐娘半老，風韻猶存。

「你叫什麼名字？吳仕仁是你什麼人？」

「我叫李嬌嬈，那個吳仕仁？」

「你確定不認識吳仕仁嗎？」如嫣笑著說。

「啊……啊……，吳仕仁是我老公，我平時叫他做衰鬼，我一時記不起他的名字喔。」李嬌嬈十分尷尬，手足無措地掩飾回答。

「他今年多大，愛吃什麼補品？」如嫣從容不迫問。

「他……他大約六十多歲，愛吃……愛吃什麼呢，我跟他祇是結婚半年，還沒有烹煮過補品給他吃。」

「原來祇是結婚半年，那是新婚燕爾呢，為什麼沒有住在一起？」

「那……那是……是為什麼呢？是我嫌……嫌他工作地盤太遠離市區，自己搬開住。」李口吃地自問自答。

「你付了多少錢才能到這裡來？」如嫣突擊地說。

「我付了……，我沒有付……，我什麼也不知道。」

「讓我揭穿你吧，吳仕仁是跟你假結婚賺錢，你付了錢給假結婚集團，他們安排編配了吳仕仁這個假老公給你，你付了多少錢？」

李嬌嬈聽了十分洩氣說：

「我付了十萬塊給集團，完成了結婚手續後，他們教我到政府部門申請到U市定居的證件，但那比較費時，我先選擇了申請簽證到來打黑工賺快錢，以後到來定居後集團會安排我們離婚。」

「真是服務周到。你不怕吳仕仁反口不肯離婚及要求平分你的財產嗎？」

「集團對我們派定心丸，說要求男方事前簽定婚前協議書，聲明夫婦婚後無權干涉對方人身自由，領取居留證後各自有權提出離婚，另一方無條件服從，離婚後各自擁有資產，不會要求平分。」

「那麼吳仕仁收了多少？」

「集團會欺騙本地假結婚者給予每人八萬到十萬，那是一筆可觀的報酬，但實際祇會收到五千到二萬元，集團不怕他們反面掀翻桌子算賬，因假結婚者已經犯了法，要是揭穿了事情，他也要坐牢，要怪就怪自己財迷心竅中了老千局。」

「既然你已經跟吳仕仁一刀二斷，二不相干，為什麼你在星期天下午還要到 x x 地盤找他？」

「這世上總有些孬種，自己一條爛命不怕死，就是要摟著你一起死的賤精，吳仕仁就是這種賤精，他打電話給我，威脅我要給他錢，要不然就到入境處做證人告發我，最多大家一起坐牢，之後我必定被遞解出境。」

「為什麼你現在你又願意和盤托出？」白揚好奇地插話。

「那個賤精已經死了，根本就沒有人能夠證明我倆是假結婚的。」李篤定的說。

「說不定是你殺死他。」白揚恐嚇她。

「我才不會弄髒雙手殺害這種賤人，我要留著有用之身賺錢。」李嬌嬈搔首弄姿的說。

「你詳細說出你到地盤的始末。」

「我去到他地盤的貨櫃箱，敲門沒有人應門，推門發覺木門在裡面拴上，便走到窗子看清楚，窗外吊著一隻死貓，看見他脖子圈著繩子，瞪著眼睛，坐在椅子上挨著牆壁，呼叫他也不應，想是死了吧，看到沒有我的事情於是走了。」

「你沒想過報案嗎？死了人啊，你不害怕嗎？」白揚瞪眼看她。

「以前文革鬥死害死很多人呢，死狀比他恐怖悽慘一百倍到處都是，大家都習慣了。況且，他死了關我什麼事，又不是我害死他，我為什麼要惹火燒身？你們沒有聽過十八途人小悅悅嗎？死了人又怎樣？我們那裡有什麼水澇火燒、風暴地震等自然大災害，掌權者都當死去的人祇是一個數字，無動於衷，那些不是天災人禍，是自然災害嘛，輕鬆平常得很啊。」李嬌嬈泰然自若說。

「你離去時是什麼時間？」如嫣不動聲色問。

「大約五點多。」

「為什麼這樣肯定？」

「地盤門口那幾棵木芙蓉的花兒是紅色的。」

「你又知道那些是木芙蓉？」

「我是四川成都人，成都市內遍植木芙蓉，是成都的市花，故此成都又叫蓉城，木芙蓉又叫『醉芙蓉』，花兒是朝花夕拾，朝生暮死。」

「朝花夕拾是魯迅的名句。」如嫣對她另眼相看。

「我可以走了沒有？」

「不，你有嫌疑殺死吳仕仁。」如嫣狡黠地笑，吩咐員警送李嬌嬈到羈留室。

「為什麼要拉我？我又沒殺死那個賤精，冤枉呀，冤枉呀，我要見律師。」

員警拉著李嬌嬈離去，她一邊掙扎，一邊大呼小叫喊冤。

如嫣二人研究案情，白揚發話：

「為什麼要拘押她？雖然她很冷血。」

「我們有時也要裝模作樣，擺官架子，挫一下她的銳氣。」

白揚露出了解的表情繼續說：

「張伯和李嬌嬈的口供吻合，他們都說木芙蓉花是紅色的，會不會是李嬌嬈說謊，是她殺死吳仕仁？」

「可是貨櫃箱裡面及物件祇有吳仕仁的指模，沒有其他人啊，況且，第一點李嬌嬈與吳仕仁本來就是陌路人，祇是假結婚才拉攏在一起，二人根本就沒有深仇大恨，要是李嬌嬈為了一點錢殺死吳仕仁，這個殺人動機也太薄弱了，第二點李嬌繞根本不知道吳仕仁吃貓咪做補品，又怎能利用貓咪做道具撲倒吳仕仁，設計他意外身亡，第三點她是個少條筋、麻木不仁、不管他人瓦上霜的女人，那裡會慎密思考想到密室殺人掩蓋真相？」

「那麼誰是兇手？根本沒有個影兒啊。」

## 8.

晃過了二天早上楊慧晴跟同事開會，主管胡太太分配地盤鷹架意外的個案給各人負責，之後各自出發探訪傷者，楊搭乘地下鐵到市區地段，來到以出租劏房著名的一列古舊樓房，那裡沒有升降機，也沒有監察電視，楊爬上滿地垃圾的昏暗樓梯，踏進走廊，找到公寓，聞到一陣陣難受的臭味，門口一個大媽看見她不滿地問：

「你是誰，到來幹嘛？」

「我是福利中心的工作人員，到來探訪工業意外的傷者雷先生，這臭味從那個房間傳出來。」

「我還以為是那些討厭的記者，上次他們報導了我們劏房的情形，被有關政府部門上門檢驗，判定違規，害我要花大錢改善設施。」

「你們也是政策的既得利益者呢。」楊輕聲說。

「你說什麼？」大媽忙著掏出鎖匙，插入門鎖問。

「我問你是誰？」

「我是房東，那就是雷先生居住的劏房，其他住客也聞到臭味，但敲打他的房門卻沒有人應門，不知發生什麼事情，叫我開門查看。」

大媽打開門，一股惡臭襲擊，楊忍著氣探頭左右看望，突然嚇得她目瞪口呆，驚心動魄，哇的一聲大叫救命，連跑帶跳逃到外面走廊拚命嘔吐，冷汗涔涔，驚魂稍定，連忙滑手機打電話顫抖抖說：

「如嫣，又死了人，還是吊頸死的，我很害怕，你們快點過來。」

如嫣和白揚立即趕往案發現場，抵達時門外走廊已經擠滿了看熱鬧的住客，楊慧晴也在混人群裡，不停發抖，如嫣摟著她安慰她幾句後進入房間，但惡臭難受便戴上口罩，員警連忙圍上塑料封鎖帶，死者是一名中年男性，身材高大壯健，穿著背心短褲，吊死於細綁在小氣窗鐵窗框的繩圈，腳下是踢翻的摺凳，他耷拉腦袋，雙目閉闔，臉容如常，兩手自然下垂，左手肘包著繃帶，下身卻被軀體的重量拉得詭異地變長。

鑑識科人員和陳法醫稍後來到採集證據，連忙戴上口罩，室內右邊是小型廚房和廁所浴室，左邊最前面是一排關閉的窗子，裡面陳設簡單，祇有單人床、小摺枱和二張摺凳、掛衣架、放錢包鎖匙手機等的塑膠架子，地上是鞋子空罐子雜物，枱上放了一疊賽馬彩票、幾罐啤酒和清酒瓶、吃賸的鹵水食物和一隻酒杯和筷子。

陳法醫驗屍完畢，收拾工具說：

「初步檢查死者是上吊窒息而死，但是有一點可疑的地方。」

「什麼可疑的地方？」

「他的大腿外側十分平滑沒有傷痕。」

「有問題嗎？」

「你慢慢推理吧，這屍臭實在太厲害了，我叫仵工立即打包屍體，搬運回去驗屍，欠陪了。」陳法醫托一托眼鏡對她眨眼說。

突然白揚高聲叫道：

「步警官，有發現。」

如嫣連忙走過去，白揚將一張彩票交給她說：

「枱面有一疊彩票，但是這張彩票用清酒瓶壓住，原來是上星期六第四場賽馬的三重彩彩票，跟吳仕仁失去那張一樣。」

「要是這樣，死者跟吳仕仁可能是相識的，那麼二人是什麼關係呢？」

「地盤沒有監察院電視，門禁不嚴，任何人都能夠隨便出入，死者可能就是謀財害命的兇手。」白揚拿回彩票放入證物塑料袋。

如嫣沒有表示，祇找來楊慧晴問話。

「真倒霉，竟然連續碰到二宗兇殺案。」楊猶有餘悸，皺著鼻子說。

「還沒有確認是兇殺案，可能是自殺吧。」

「我才不相信，好端端一個大男會去自殺，你們夢想成真呢，遇上了變態殺手幹下的連環兇殺案。」楊回復常態抬槓。

「唔，會有可能是同一個兇手嗎？」

「不過我不是兇手，這幾天晚上我都跟你在一起。」

「媽，請你由頭到尾講述一次發現屍體的經過。」如嫣苦笑地催促她。

楊慧晴鉅細無遺告訴如嫣，之後如嫣再到處查看，待鑑識人員完成搜證，收隊離去。

如嫣和白揚在警局研究案情，白揚報告：

「根據死者身份證的編碼，我在中央資料庫找到他的資料，他叫雷子超，男性，四十二歲，未婚，職業是地盤工人，曾經坐過二次牢。」

「他和吳仕仁都曾經坐過牢，吳仕仁坐過一次，二人會否在監獄裡認識呢？白揚，能否查出雷子超犯了什麼罪？那一年犯事？是否跟吳仕仁在同一個監獄服刑？」

「那是另外一個過去案件檔案資料庫。」白揚點按電腦，等了好一會說：

「步警官，須要你的權限密碼才能進入資料庫。」

如嫣接過手輸入密碼，白揚埋頭苦幹，半晌將資料打印出來。

『雷子超所犯的第一件案件是誤殺案，發生在十七年前，他為了三百元殺人，案情指雷子超光顧一樓一鳳私娼，完事後竟然不付錢，想吃霸王餐一走了之，私娼追到門口跟他扭打，雷子超惱羞成怒雙手掐住私娼的脖子，他身高體健有力，將私娼抬到半空，緊握她頸項窒息而死，當年雷子超二十五歲，因不是有預謀殺人，故審定為誤殺罪，判囚五年，在A監獄服刑，與吳仕仁先後進入同一個監獄。』

「二人都在A監獄服刑，就在那裡認識，在雷子超家裡找到那一張賽馬三重彩彩票，是一件有力證據證明雷子超因財殺人。」

「可是他們分開近十多年，他們的手機沒有對方的資料，雷子超的劏房也沒有找到半點關於吳仕仁的證據，他們是怎樣聯絡得上呢？錢財會是一個動機，但是那個數目不是大到足以要殺人嘛。」如嫣不斷反覆思量才開口。

「人心難測，況且他有前科為了一點小錢殺死私娼。」白揚輕輕鬆鬆抖著腳。

「我們再看雷子超所犯第二件案件吧。」

『雷子超所犯第二件案件也是誤殺罪，發生在十二年前他放監後不久，案情指有賊人在一個黑夜搶走一名女子的手袋，女子的男朋友追逐賊人，賊人掉落手袋，雷子超辯稱利用隨手拾到的鐵線，在後面套住受害男朋友的頸項，將他勒住昏倒，拎走手袋，受害人並未昏倒，反而被雷子超拉扯鐵線，鐵線鋒利的邊沿割斷了受害人的大動脈，受害人負傷追了五十米不支倒地，雷子超被其他人擒獲，因不是預謀殺人，但有前科不知悔改，判囚十年。』

「根據法庭文件記載，這案件是雷子超單獨犯案，吳仕仁不牽涉在內。」白揚隨便拋下一句。

「可能吧，你看清楚附著當年的法庭新聞報導，上面寫著詳細情形。」

『ｘｘ報法庭快訊：途人遇劫慘變植物人，該案件峰迴路轉，是關於其中一名證人吳發的身份，他作證說當時看見雷子超犯案，他有幫忙捕捉雷子超，但是被告雷子超反指控吳發是同黨，一起搶劫途人，計劃是吳發負責搶去手袋，雷子超負責攔阻追逐吳發的途人，因他高大強壯體健，可是女子的手袋並沒有吳發的指紋，街上的監察電視祇是拍攝到雷子超勒住受害人頸項的片段，及拾起女子的手袋，並沒有吳發的蹤影，被搶走手袋的女子也認不出賊人，吳發也矢口否認是同黨，祇承認當時在逛街，剛巧走到那裡，後因證據不足，並未提告吳發，最後祇得雷子超入獄，案件審結。』

「要是報導正確，吳發有共同做案的嫌疑，到頭來，吳發為了脫去干係不惜否認是同黨，出賣雷子超，畢竟就算是誤殺也要坐多年牢獄，那麼雷子超為了報仇雪恨，就有了殺死吳仕仁的動機，他殺死吳仕仁後，順手牽羊拎走他的三重彩彩票。」白揚作出結論。

「既然雷子超報了大讎，又有三重彩彩票在手，領取不錯的獎金，為什麼還要看不開上吊自殺呢？」

「那個……。」

「當時的受害人叫什麼名字？」

「他叫朱啟賢，二十一歲，大學生，他的女朋友叫車秀雅，十六歲。」

「我收到了陳法醫的簡訊，說驗屍報告已完成，歡迎光臨。」

二人來到陳法醫的實驗室，途經看見護士為病人做翻身物理治療。

「步警官，你不要看報告，先回答我開出的謎題。」陳法醫按著報告說。

「那是跟用上吊方法尋死有關的。」

「願聞其詳。」陳法醫雙手抱胸，露出感興趣的表情。

「要是一個清醒的人上吊，當他將脖子投進繩圈裡，脖子被勒住呼吸困難會感十分痛楚難受，但想要改變初衷伸高手扯住繩子卻不可能，人懸掛在半空，發不得力，祇能絕望地拚命撕抓大腿二側，故此大腿二側會被抓傷了一條條血痕，鮮血會沿著大腿流下猶如淚痕，除非上吊者堅決尋死，才不會掙扎，但是，上吊者的臉孔也會因極端痛苦引致抽搐扭曲，變得惡形惡相，雷子超臉容平和，雙手自然下垂，大腿外側光滑，結論是雷子超是被自殺投環上吊，他被掛進繩圈時的狀況是昏迷不醒，故此他沒有不斷掙扎抓傷大腿外側，更遑論踢翻摺凳，雷子超是他殺，這是一宗有預謀的謀殺案。」

「好精彩的推理。」

「沒有什麼大不了，我也是看過維基百科提供的資料，得到靈感解開你的謎題。好了，驗屍結果如何？」

「死者雷子超的死亡時間是大約是二天前晚上，他是窒息而死，他體內有過量的酒精，導致他極度醉酒，不醒人事，還有，枱上祇有一隻酒杯，一對竹筷子，上面祇有雷子超的指紋，在流理台其他碗筷杯子都洗得很乾淨，沒有指紋。」

「謝謝你，陳法醫。」

二人駕車回警局，白揚不忿地說：

「本來找到了殺死吳仕仁的兇手，可是雷子超卻被人殺害了。」

「那麼誰人會殺害雷子超？」

「最大嫌疑犯就是那個被他殺死私娼的親戚朋友，而且私娼被掐死也猶如上吊致死一樣。」

「你不如想一下那個兇手如何走進入雷子超的劏房？可能還跟他一起喝酒。」

「是啊，為什麼雷子超會對訪客不設防？那個訪客是他的朋友，你說是不是？」

如嫣笑而不答，跟著說：

「還有，你提醒我，私娼被殺的方法如上吊，為什麼兇手要堅持將雷子超套入繩圈被上吊自殺，雷子超身材健碩，體重相當，要把他掛入繩圈是一項高難度的行動，想要殺死雷子超很容易，他已經喝得醉醺醺，到了昏迷不醒的地步，祇要用枕頭搗著他的口臉，他就會很快缺氧窒息而死，這樣做簡單直接，為什麼兇手還是要堅持到底將他上吊？」

「原來我還有點用處。按照案情看，兇手跟雷子超有深仇大恨。」

「好了，明天我還要到公民出入境事務處，政府新聞處查看資料，今天可以準時下班了，不知道媽媽受了再看到屍體的打擊，會不會做飯呢？」

## 9.

晚飯後楊慧晴和如嫣各自滑手機聊天，如嫣悠然問：

「媽，你記不記得你在貨櫃箱窗子看見吳仕仁的屍體時，旁邊那棵木芙蓉花是什麼顏色？」

楊慧晴側頭想了一下說：

「是白色，我記得是白色，像送葬的鮮花。怎麼啦，跟案件有關？」

「我也睏了，想早點睡。」如嫣伸了個懶腰，起身走進房間。

「古古怪怪。」

第二天如嫣在二個政府部門待了整天，查看檔案資料，其間滑手機給社會福利中心的胡太太，約定隔天早上見面，詢問補充資料，請她和職員留步。

隔天早上如嫣和白揚來到福利中心，白揚打開電腦做紀錄，問過胡太太後，輪到鄭曉媛。

「您好，鄭姑娘。」

「二位好。」

「鄭姑娘原本是U市人，中學時跟繼父和母親移居H市，二年前回流，為什麼呢？」

「H市局勢急劇變化，覺得人身不安全便返回這裡。」

「你當初為何搬到H市？」

「我當時年紀小，爸爸說H市有許多發展機會，於是全家搬到H市生活。我的事情跟案件有關嗎？」鄭曉媛終於按捺不住反問。

「沒有，祇是在醫院看到你特意超時工作，不計酬勞，為陌生病人做翻身物理治療，十分敬佩你的大愛精神，想了解你多一點。」

「是嗎？不用了。」

「那名病人叫什麼名字？」

「我幫過很多病人做過物理治療，不知道你指那一位。」

「明白。你想不想知道案件的真相嗎？」

鄭曉媛不置可否，如嫣繼續說：

「第一件案件吳仕仁被謀殺，案發地點是他工作的地盤，時間是上星期日下午二時至六時，當時住在斜對面的證人看見一名女子進入地盤，但是他喝醉了不知道時間，祇記得地盤門口的木芙蓉花是紅色，木芙蓉是植物開花顏色的變異本，但是唯有木芙蓉花有一日三變色之妙，早晨初開是白色，中午至下午是粉紅色到深粉紅色，傍晚時變作紫紅色，跟著凋謝，朝花夕拾。」

「你嘮嘮叨叨說芙蓉幹嘛。」鄭曉媛有點不耐煩。

「芙蓉花開花謝可以說是本案沈默的時間證人。我們找到吳仕仁的妻子，她也是在當日曾經進入地盤，她的證詞說木芙蓉花是紅色，跟證人所說是一樣。我將木芙蓉花由出生到死亡的紅色給證人看過，這次證人明確指出他所看見的紅色是粉紅色，吳仕仁妻子是下午五時許進入地盤，她所看見木芙蓉花的紅色是紫紅色，故此證人看見並非吳仕仁的妻子，是另有其人，也是殺死吳仕仁的嫌疑犯。」

「你分析得很仔細。」

「疑兇走到吳仕仁的貨櫃箱，在窗子裡看見他變態手淫，而且更是雙重變態，他用藍色塑料繩子綁著貓咪的頸項，把繩子掛在天花上的鉤子，另一端繫於他身後的鉤子，他再用另一條繩子固定在二邊牆上的鉤子，將繩子在自己脖子上圈了二圈，坐在椅子上，他一邊拉扯膠繩子虐待貓咪，一邊把椅子向後面挨靠，享受快要窒息的性快感。」

「他那樣將椅子挨後很危險，很容易發生意外，勒死自己。」鄭曉媛狠狠批評。

「不，絕對不會有意外，吳仕仁已經做足了安全裝置，確保自己不會因挨靠到後面的牆壁上，發生致命的意外。」

「你怎樣知道有這樣的安全裝置？」白揚不禁停下鍵入電腦。

「我們曾經偵訊一位證人，他的證辭說：『他坐在椅子上向後面挨靠，一邊拉動膠繩子，他向後挨了幾次，每次都是自動向前方彈回，椅子跌落在地上。』為什麼吳仕仁每次將椅子向後挨靠，椅子都會自動向前方彈回？」

「是啊，為什麼？」白揚好奇問。

「吳仕仁在椅子和牆壁之間放了一個木箱做安全裝置，那就是他當作餐桌的木箱子，那個木箱表面傷痕累累，這就是證據，每一次吳仕仁挨後椅子享受快要窒息的性快感，椅子就會被卡在中間的木箱擋住，將椅子反彈向前面落地，故此木箱的表面被擀得凹凸不平，滿是刮痕，這就是吳仕仁的椅子自動向前方回彈的原因，保護他小命不死的秘密。」

「那麼疑兇怎樣殺死吳仕仁？」

「疑兇看過吳仕仁變態的行徑，就算準他將椅子向後挨靠的時間，立即打開木門，用力拉走卡在中間的木箱子，吳仕仁和椅子就會猛然跌向後面的牆壁，重力拉緊了圈在他頸項的繩子，即時將吳仕仁活生生勒緊了脖子，窒息而死，第二種方法是疑兇突然闖進貨櫃箱，用力左右拉扯吳仕仁脖子上的繩子，吳仕仁被繩子束縛，沒有能力反抗，被疑兇勒死，但我認為疑兇會採用第一種方法，因為疑兇是女人，力量比較弱一點，未必能一下子殺死吳仕仁，之後，疑兇故意把貨櫃箱搞亂得天翻地覆，為的是隱藏木箱子餐桌的證物，並不是要找尋那一張賽馬三重彩的彩票，目的是誤導警方吳仕仁的死因，是他進行變態手淫，發生意外而死。」

「那隻懸掛在窗外的貓咪又有什麼作用？」白揚又再提問。

「那是疑兇加強意外死亡的說服力，故布疑陣，劇本是貓咪突然撲向吳仕仁，他受到驚嚇，突然向後挨靠，勒死自己的意外，可是，另一個證人說過吳仕仁虐待貓咪的經過，他說貓咪被拉扯幾次後就會被吳仕仁殺死，當時的情況是吳仕仁已經吊死了貓咪，疑兇才出手殺死吳仕仁，疑兇手上的殺人兇器道具是一隻死去的貓咪，為了做成貓咪嚇死吳仕仁的假象，疑兇決定布置貓咪逃跑時吊死在窗子外，還在吳仕仁的臉頰上用貓爪劃出一條血痕，可惜啊，這是一個破綻。」

如嫣看了鄭曉媛一眼，她面無表情，白揚心急說：

「那麼是否跟疑兇帶走藍色塑料繩子球有關？」

「是的，疑兇不可能用太長的塑料膠繩子綁著貓咪，要是這樣做，貓咪逃跑時便會掉落在窗外的地上，狀況是貓咪仍會是活著的，問題是兇手祇有一隻死去的貓咪，所以兇手必須要切短塑料膠繩子，可是貨櫃箱內沒有較剪，祇有刀子，疑兇祇能利用刀子割短塑料繩子，這樣切口便會跟原本塑料繩子球的切口並不符合，祇要鑑識人員比對拼湊，便會找出二邊的切口並不湊合相符，那就是極大的疑點，故此疑兇帶走了藍色塑料繩子球，這樣做比較有利，可以將警方引向吳仕仁是隨手拿起任何塑料膠繩子綑綁貓咪，但是我們的證人清楚表明是有一個藍色塑料繩子球，及吳仕仁虐待貓咪的方法，這些線索都是兇手始料不及，但是割短了的膠帶子也是另一個破綻，是疑兇沒有考慮周詳。」

「為什麼是破綻？」鄭曉媛軟弱輕輕說。

「吳仕仁原本膠繩子的長度足夠掛在天花的鉤子，再繫於椅子後面牆壁的鉤子，因此他祇要拉動繩子，貓咪就會停留在地上，也會扯在半空，可是祇要量度現時綑綁著貓咪那條割短的膠繩子，就會發覺繩子長度不足，不能讓貓咪停留在地上，牠祇能一直懸掛在半空，這樣就確實證明兇手布置了假局，謀殺了吳仕仁。」

「那麼吳仕仁臉上的貓爪痕又有什麼破綻？」

「貓咪伸展爪子抓東西時，牠會本能地同時伸出五隻爪子，並不會伸出一隻爪子，這是兇手做假的證據，兇手用手拉出一隻貓爪子，沒有思考貓兒的本能，祇在吳仕仁的臉上抓出一條傷痕。」

「兇手怎樣布置密室殺人？」

「兇手利用了那個簡單的門栓子，那祇是一個向左右推拉的門栓子，栓子是『L』字，貼著木門安裝，那個直角小鉤向外突出，另外的裝置工具是利用有小鉤的彈簧，地盤是爛車廢鐵場，隨地都是掉丟棄的零件，要找到合適的小彈簧並不困難，兇手將小彈簧的鉤子鉤著門栓子的直角鉤子，另一端的小彈簧綁上繩子，拉到窗外去，兇手走出貨櫃箱的窗子外，輕巧發力拉扯繩子，小彈簧被拉長，門栓子也向外拉，兇手跟著放手，小彈簧便會回復原狀，它產生的反彈力足以把栓子推前，送入另一邊門框中空的扣子，這樣木門便被鎖上了，小彈簧也彈開被收回，密室就裝置完成，兇手的劇本是吳仕仁變態手淫，貓咪撲倒在他身上，他被自己設置的手淫機關勒住，窒息意外身亡的戲碼也完成，而且是死在密室裡。」

「那麼誰殺死雷子超？」

「是同一個兇手。」

「你說同一個兇手殺死了吳仕仁和雷子超，但是那一張賽馬三重彩彩票證明雷子超殺死了吳仕仁，是他順手帶走了彩票，他的殺人動機就是在十多年前打劫途人的案件，吳仕仁出賣了他，陷害他坐了十年牢獄。」

「不，是兇手帶走了彩票，伺機殺死雷子超，兇手把彩票放在他的家裡，嫁禍雷子超殺死高仕仁，證據是沒有找到任何證據證明二人有聯繫，在雷子超家裡也沒有蛛絲馬跡關於吳仕仁的住處。」

「那麼誰是兇手？」

「誰人會同時認識吳仕仁和雷子超？誰人能夠令雷子超放下心防讓疑兇進入他的劏房？為什麼兇手心存執念要用上吊的方法殺死雷子超？」

「那會是什麼人呢？」白揚滿臉懊惱。

「二人都正在接受同一樣的服務，對不對，鄭姑娘？」如嫣對著一直沈默無語的鄭曉媛問。

「吳仕仁和雷子超的個案是你媽媽負責，與我無關。」鄭曉媛輕描淡寫地回應。

「但是你曾經負責吳仕仁的個案。」

「是的，我負責他的個案近二年，要是我有嫌疑殺害他，一早就對付他。」

「你祇是在一個多月前得知吳仕仁改了名字，才知道他以前的名字叫吳發，他是你的仇人，地盤鷹架倒塌意外事件本來不關你的事，但你卻積極幫忙，那是我媽媽的證詞，因為你發現了雷子超，你另一個仇人，你拿到了雷子超的住址和資料，祇要早過我媽媽去到雷子超家裡，亮出你的福利中心工作證，瞞騙他說你負責他的個案，雷子超就會安心放你入屋，你更可能跟他喝酒，讓他喝到昏迷，進行殺害。」

「哼，你不要信口開河。」

如嫣好整以暇喝一口茶繼續說：

「為什麼你會那樣好心超時工作做志工，特地到醫院為一名植物人翻身做物理治療？更持之以恆達二年之久？那是由你從H市回流U市開始。」

「你不是說過敬佩我的大愛精神嗎？」

「不要再說鬼話，那個植物人病者叫朱啟賢，是十多年前吳仕仁和雷子超打劫途人的受害者，也就是你的男朋友，他被雷子超用鐵線套住頸項，割斷了脖子的大動脈，失血過多引致大腦缺氧，不幸變了植物人，身體萎縮轉差，故此你執拗地用上吊的方法殺死雷子超，因為他用鐵線勒住朱啟賢的頸項，使他變成植物人，縱使搬運雷子超上吊是一項非常艱難的任務。」

鄭曉媛低頭不語，黯然神傷，如嫣淡然繼續說：

「你本來的姓名叫車秀雅，朱啟賢是你的男朋友，十多年前他遭逢惡運後，你媽媽改嫁給你現在的爸爸，那是你的繼父，你也改了全新的名字做鄭曉媛，為了讓你不再觸景傷情，整天活在痛苦裡，全家移居到H市，二年前你回流U市，你念念不忘男朋友，發覺他情況日差，表面上你是自願為陌生的病人做物理治療，實際在照顧你的男朋友，但你臉上卻流露怨憤不平的表情，那是互相矛盾的表現，我想通了，你在怨懟吳仕仁和雷子超二個歹徒，害慘你的男朋友，你矢志要殺害他們以報心頭之恨，後來你終於找到機會謀殺他們。」

「是，是我殺死他們，他們殺死啟賢，但是雷子超祇坐了十年牢獄，吳仕仁更加沒有受到懲罰，二人繼續開展及享受他們的人生，但是啟賢剛要開始人生最美好時光時，就失去人生及一切，現今還要像個活死人孤苦伶仃等死，我也被他們剝奪了愛情，我的愛情是充滿苦楚和慘痛，經常為啟賢遭逢不幸傷心落淚，為了失去啟賢錐心泣血，他們殺害了我的啟賢不須要負責，法律是公平嗎？為什麼他們沒有受到以眼還眼的懲處？為什麼他們沒有得到報應？他們是殺人惡魔，他們都該死。」

鄭曉媛哭不成聲，像春天孤單的杜鵑鳴咽哀叫，如嫣無奈同情地看著她，白揚鬱悶嘆氣，不一會，警方到來帶走鄭曉媛，白揚看著她萎靡的背影埋怨說：

「步警官，為什麼你總是碰上這些令人心灰傷感、愁雲慘霧、哀怨纏綿的案件？前者有嬌美的陳芊柔、清麗的鍾素紋，現在又有端莊的朱曉媛，最後我倆都要去看心理醫生呢。」

「她們都是復仇的阿修羅。」

「她們不是復仇的阿修羅，她們是為愛情而生的維納斯。」白揚大聲抗議。

如嫣給他一個嘉許的目光，低聲說：

「人間寄塵，多少愛，多少淚，種不出情花，半點恨，呵氣成冰，鑿出變異的維納斯。」

「她們也不是變異的維納斯。」

「你再胡言亂語信不信我揍打你？走吧，臭小子，我們一邊大吃大喝，一邊唱卡拉ＯＫ，通宵達旦。」

「步警官，你不要用吃喝玩樂麻醉自己。」

語音剛落，如嫣已經邁出房間，白揚急起直追。

—全文完—

變異的維納斯

國家圖書館出版品預行編目

變異的維納斯 / 顧日凡著. -- 臺北市 : 獵海人,
2022.01
面； 公分
ISBN 978-626-95130-7-9(平裝)

857.7　　110021520

# 變異的維納斯

**作　　者**／顧日凡
**出版策劃**／獵海人
**製作銷售**／秀威資訊科技股份有限公司
114 台北市內湖區瑞光路76巷69號2樓
電話：+886-2-2796-3638
傳真：+886-2-2796-1377
**網路訂購**／秀威書店：https://store.showwe.tw
博客來網路書店：https://www.books.com.tw
三民網路書店：https://www.m.sanmin.com.tw
讀冊生活：https://www.taaze.tw

**出版日期**／2022年1月
**定　　價**／300元